涼宮春日的動搖

谷川流

涼宮春日的動搖

CONTENTS

封面、內文插畫／いとうのいぢ

Live Alive

這是我上高中那一年。

是名為涼宮春日的人型異常氣象在北高開始肆虐那一年，也是我人生中最波瀾壯闊的一年，光是回想發生了什麼事就覺得煩悶的災難年。翻開記憶相簿，五花八門、讓我目瞪口呆的過往比比皆是。烙印在腦海裡的，其實還有這麼一小段插曲，現在我就說給大家聽吧。

那是夏天餘熱猶存的腳步還賴在列島上空遲遲不走，熱到讓人懷疑是不是有人誤觸了操控四季變化的氣象兵器，明明日曆上已是秋高氣爽的季節。

那天，是校慶當天。

那名腦子一整年都處於失控狀況的導演兼監製，從發出電影開拍宣言到所有作業完成，期間徹底發揮了讓演員和雜役的混亂定位更加混亂的特殊效果，丟三落四、有如鬼打牆一般狀況不斷，全拜我所賜這部電影才總算收了尾。

今天是校慶頭一天，也是電影首映日。這部片名為「朝比奈實玖瑠的冒險Ｅｐｉｓｏｄｅ００」

不知該歸類為電影或是朝比奈學姊的個人宣傳帶——目前應該在視聽教室好評熱映中。

為何說是「應該」？當然是因為我實在不想再看到自己的名字，出現在那部挑戰超現實主義到極點的大爛片中。我將ＤＶ帶交給電影研究社的人後，就決定做個社外人士逍遙自在去。

所幸，一旦牽扯上細節的交涉或是跟宣傳有關的外交活動，春日充沛的活力就比平常更加旺盛，總是以團長之姿身先士卒。

對春日的異常行為也差不多習慣了的北高師生就算了，也不想想這一天會有閒閒無事來參觀的眾多家長和一般校外人士在校園內走動，她小姐居然換上春初亮相過的兔女郎裝發傳單！不過也拜此所賜，不同於我和春日隸屬的一年五班那麼死氣沉沉，盡義務參與活動的朝比奈學姊、長門和古泉才能一大早就各自忙著班上的校慶企畫，算得上是可喜可賀。

所以我現在的心情可好比晴空萬里，心境更猶如映照出澄澈水面的明鏡一般。電影的數位剪輯作業一結束，我就無事一身輕，功德圓滿了。我晃晃睡眠不足不甚清醒的腦袋，打算去看看長門占卜，順便奚落一下古泉的舞台劇演出。雖說是三流縣立學校沒啥新意的校慶，但是慶典就是慶典，體驗一下和平日不同的氣氛也是不錯。

況且今天我身負著絕對不容錯過的使命，那份使命也已化為一張薄薄的紙條握在手中。

想當然耳，那張紙條就是朝比奈學姊她們班開的炒麵飲料攤的優待券。

再廉價的茶葉經由學姊的玉手一泡，就會立刻化為天上甘泉。相信由同一雙手所端出的炒麵，和高級中華料理店大廚做的珍饈也相去不遠。讓我的肚子咕嚕咕嚕叫的期待值在腦內不斷攀昇，上校舍樓梯的步伐也輕盈得像是穿了長翅膀的鞋子。

就在我穿過階梯，整個人興奮得像是快登上天堂之際，同行的人冷不防澆了我一頭溫水。

「要送就送免費招待券，豈不是更好？」

全天下說得出這麼惹人嫌的話的，除了谷口以外絕對沒別人了。要不是看在他協助我們拍外景時不慎落入池中的情份上，加上機會難得，否則我才懶得邀他哩。他還想奢求什麼？

「我可是挺你挺到落水，片酬還分文未取喔！你起碼也該招待我去看一下試映吧。該不會我的戲全被你剪掉了？落湯雞的代價只有區區一張炒麵七折券，未免太划不來了。」

你少雞蛋裡挑骨頭。這可是朝比奈學姊好心招待我們去她們班嚐鮮的優待券耶！況且，拍那部電影最划不來的無酬演員非朝比奈學姊莫屬。我甚至想跟金像獎的評審委員打個商量，要他們頒發一尊奧斯卡小金人給學姊。

「不爽去就別去，快滾！」

聽我那麼一說，另一位同行的人連忙打圓場：

「好了、好了。谷口，一起去啦。反正你本來就打算邊吃邊逛啊。獨逛逛不如眾吃吃，走啦。」

這個人就是我的同班同學，有著和古泉截然不同的優等生面貌的國木田。

「而且和阿虛一起去，搞不好會得到更多優惠喔。像是多一點高麗菜。你不也很喜歡吃高麗菜嗎？谷口。」

「還好啦。」

谷口爽快地回應。

「那也要看味道而定啊。阿虛，朝比奈學姊不下廚的吧？」

這麼一問，我才想起學姊好像說過她是負責上菜端茶水的。那又怎樣？

「沒有啦，我只是直覺學姊的廚藝菜得很。就算她將砂糖誤當成鹽巴下去調味，我都不覺得奇怪。」

不是我愛唸，你和春日到底把朝比奈學姊當成什麼了？縱使她是再稱職的吉祥物兼俏女侍，在這個時代還會誤將砂糖當成鹽巴的小迷糊只有幻想世界才找得到。學姊頂多只會弄丟時光機器，急得手足無措而已。雖然光這一點就很難想像她是未來人。

「真期待。」國木田說：「聽說她們班開的是COSPLAY咖啡廳。不管是電影裡的女服務生打扮，或是那天的兔女郎扮相都叫人驚豔，不知道這次學姊會做什麼樣的打扮？」

「超期待的。」

谷口也深表贊同。這兩人畢竟不像我看慣了朝比奈學姊的女侍裝扮。對此，我深表憐憫。

從階梯步上走廊，我也開始在心中描繪了起來。說到女服務生，我那壞去的頭殼就想到學姊在電影裡穿的那套讓人忍不住想伸出鹹豬手的緊身制服。今天總算有機會見到穿著端莊，楚楚動人地端著炒麵過來的朝比奈學姊，還有什麼比這更能洗滌視網膜和心靈的呢。我從以前就認為春日喜歡的設計風格太繁複。畢竟那女人的神經可是硬到敢扮成兔女郎站在校門口。那樣剛硬的神經配她那樣的粗人或許剛剛好，但不見得人人都有如鋼絲一般的神經。

朝比奈學姊班上大家共同製作的女服務生手工制服……

唯有在這件事上，我能與谷口異口同聲：真期待、超期待的！

今天的校舍走廊鋪上了與廉價紅地毯無異的綠色草坪。平日進校舍都強迫要換上室內鞋，因為顧及到外來一般客的方便，只有舉行校慶的今明兩天可以直接穿鞋子進來。在校內行走的人影也變得多彩多姿。特別是有發表會的藝文社團社員，其學生的監護人幾乎都來了，校園頓時成了附近居民打發時間的場所。也有不少學生招待高中不同校的國中時代的朋友來參觀校慶。尤其是山下的女校學生，這可是一年一度誘餌進洞的機會，渴望來個浪漫邂逅的不只有谷口之流。

在北高制服除外的身影都很引人注目的走廊上，我們三人像是被誘餌吸引而來的沙丁魚，在整排都是二年級教室的校舍一角迴遊，最後在打地鼠遊樂場和創作汽球工作室中間的教室前面落腳。

飄出鐵板燒焦的陣陣香氣的入口前面，立有寫著「橡果炒麵飲料攤」的招牌。那間教室的人龍排得比每間教室都來得長。不，在長長的人龍映入眼簾前，我的耳朵就先聽到：

「呀！阿虛和阿虛的朋友來了！這邊、這邊，歡迎光臨！」

那是即使離了十公尺遠，我也絕不會聽錯的爽朗女聲，不會認錯的燦爛笑臉。能笑得如此開懷的人，除了惹禍精春日之外，我就只認識一個。

「謝謝三位光臨小店。承蒙關照了！」

那人正是鶴屋學姊。而且是做女服務生打扮。

站在抬到走道放置的課桌前對我們揮手的鶴屋學姊，似乎是負責賣票的，可能還兼招攬客人。

「怎麼樣啊？這套服裝我穿起來好看到不行吼？是醬吧？」

從排隊人潮中探出身子的鶴屋學姊，動作敏捷地朝我們走來。

「那是當然。」

我採取無意義的低姿勢觀看鶴屋學姊。

之前忙著幻想朝比奈學姊女服務生版，一時忘了鶴屋學姊也在同一班。谷口和國木田也是一副本以為釣上了鰈魚，結果魚尾後面卻跟著另一尾緊咬不放的比目魚的釣手的表情，直愣愣地盯著這位長髮學姊。也難怪啦。這套服飾雖然不曉得是出自誰的設計，但是她們班肯定有很高竿的服飾專家。和在我們的電影裡朝比奈學姊被逼著穿上的那套可說是大異奇趣。不會太華麗，也不會太樸素，對穿上的人有畫龍點睛之效，又不會太顯眼搶了本人的風采，相得益彰的互補作用將穿著者的魅力度一舉提昇到ＭＡＸ，堪稱是年度最佳工作服。

總而言之這套衣服就是搭到只能以如此抽象的讚美來形容，鶴屋學姊就這麼養眼了，那朝比奈學姊豈不是秀色可餐到只消看一眼，我人就癱了？

「生意真是興隆。」

聽我這麼一說——

「哇哈哈哈！進來吃吧。」

鶴屋學姊輕巧地提起裙襬，不畏周圍的視線直率地說：

「我們班的炒麵用的是廉價食材，炒得又不好吃，可是多虧有這麼多客人捧場，可說是賺到翻了！瞧我笑得都合不攏嘴！」

鶴屋學姊當真是笑得很開心。不用推理，也可以悟出排這家炒麵攤的人為何清一色都是男客。鶴屋學姊的笑臉有股不可思議的魔力，連我都感染到那份愉快的氣息。這世上的人類，絕對是男性比較容易受騙。

我們排在隊伍的最後面，鶴屋學姊繼續放送免費的笑容：

「請先付款！此外，菜單上只有提供炒麵和水喲！炒麵一份三百圓，自來水免費喝到飽！」

（註：日本的自來水是可以生飲的。）

我將優待券交給她。

「呃——三人是吧？全部收您五百圓就好。優惠大放送！」

她將收下的硬幣丟進圍裙口袋裡，再塞給我三張炒麵券。

「好的，請等一下吧！馬上就輪到你們！」

鶴屋學姊說完，就轉身回到入口的桌子前，圍裙裡的零錢發出清脆聲響。學姊的背影消失在長長人龍的前頭之後。

「真有活力。她每天都那麼活蹦亂跳的，怎麼都不會累啊。」

國木田佩服不已的大聲讚嘆，谷口則是壓低音量小聲地說：

「阿虛，我以前就在想了，那個人到底是誰？是你和涼宮的夥伴之一嗎？」

「不～是。」

鶴屋學姊是社外人士。和你們一樣，是湊人數用的應急客座，只是她出現的時機都非常巧。

鶴屋學姊所謂的「馬上」，大概是半小時以上。因為我們差不多等了三十分鐘左右，才排到前面，得以踏進教室。在等待的期間，我們後面的排隊人潮也沒斷過，而且全部都是男客……真是難以言喻的現象。不過身為人龍的一部分，我們也沒資格說什麼。

教室內一半闢為烹飪區，另一半則當成待客區，幾把平底鍋拚命地炒著麵，發出滋——嘶——的聲音。掌廚的是穿著白色日式圍裙的女學生們，拿著菜刀猛切食材的也全都是女生，我不禁懷疑，這一班的男生都跑去哪裡了，又在做什麼？

跟鶴屋學姊打聽後才知道，可憐的男生全是女生的苦力。不是出去買不夠的食材和紙盤，就是被派去提水或是洗菜，哎呀，這也是沒辦法的事。「水瓶世紀」（註：日本的一種卡片對戰遊戲，遊戲的基本設定為玩家們協助以女性為主的卡片角色，與其他的玩家進行對戰）的時代已經來臨了。鶴屋學姊帶我們到位子上。

「來，請坐在那邊的空位。喂！快奉上三杯茶水——」

惹人愛憐的悅耳美聲回應了學姊的呼喊。

「是～啊，歡迎光臨！」

托盤上放了裝有自來水的紙杯走來的極品女服務生是誰，就算我不說，大家也都知道吧？

她奉上免費茶水後，雙手抱著托盤，對我們鞠躬致意：

「歡迎光臨！謝謝各位來小店捧場！」

她微微一笑。
「阿虛，還有你的朋友……呃，臨時演員的……」
我以外的兩人同時反應——
「我是谷口！」
「我是國木田。」
「呵呵，我是朝比奈實玖瑠。」
教室的牆上掛有「請勿拍攝」的手寫海報，這點倒不難理解。一時大意允許來客拍攝的話，當天就會陷入混亂狀態，連生意都沒法做。
可愛的朝比奈學姊就是如此傾校傾城。不出我所料，她的裝扮又讓我的意識再度遠颺，她的可愛也無需太多的贅言修飾。穿上讓我想獻上最佳服裝設計的女服務生服裝的朝比奈學姊和鶴屋學姊站在一起，真可說是美到極點。所謂的天堂，指的就是處處都有如斯美景的場所吧。
朝比奈學姊將托盤挾在腋下，拿起炒麵券撕成兩半，一半給我們：
「請稍等一下。」
在所有男人著迷的目光護送下，她快步走往烹飪區。
鶴屋學姊笑著解說：
「實玖瑠是負責收票的，還有負責收盤子以及倒水。就這些工作而已！不然她萬一跌倒了，燒燙燙的炒麵燙傷了她怎麼辦！當店西施就是有這個好處！」

此言甚是，鶴屋學姊。

負責上菜的是另一位高二女服務生。而炒麵中的高麗菜多一點的代價就是肉少一點，味道普普，吃到的都是醬汁的味道，談不上好吃。朝比奈學姊像隻知更鳥，在接連進來的客人桌椅間跳來跳去發紙杯、撕票券，忙碌得不得了。途中來幫我們加一次一點也不涼的涼水，已是她所能盡的最大努力了。鶴屋學姊也是笑盈盈的在店頭和教室來回穿梭，總覺得不好意思坐太久。

因此，炒麵送上來大概五分鐘左右，我們就吃光了。除了趕緊退場之外別無他法，但我們的肚子完全沒有飽足感。

「現在怎麼辦？」

發問的是國木田。

「我想去看阿虛他們拍的電影，確認一下自己在電影中的演出。谷口，你呢？」

「我才懶得看那種電影！」

嘴硬的谷口，從制服的口袋中取出校慶的指南手冊。

「只吃炒麵根本填不飽肚子。我要去參加科學社的烤肉大會！在那之前——」

只見他咧嘴邪邪一笑：

「我要充分掌握這不可多得的大好機會——把妹！我要去把妹！穿便服的女生都是我下手的目標。只要肯找就能發現三人走在一起的姐妹淘。很意外的，跟那種的搭訕，泰半都會願意跟你走，這是就我個人經驗得出的把妹法則。」

去你的法則。成功率近乎零的經驗法則有個屁用啊。

我立刻搖頭否決。

「我不去，你們去就好。」

「哦。」

谷口不以為然的冷笑，國木田一副心知肚明、不住點頭的模樣著實令人氣結，偏偏這時我又想不出什麼話反駁。我不是怕把妹時正好被誰撞見喔，只是……不怕一萬，只怕萬一嘛。

「沒關係、沒關係，阿虛，你就是那種人。不，不用想理由辯解了。友情不就是這麼回事？」

谷口做作的嘆了一口長氣，國木田又連忙緩頰：

「這樣吧，谷口。我也不去把妹了。不好意思，假如你順利泡上一個，可以幫我介紹她的朋友嗎？友情不就是這麼回事？」

國木田套用谷口的話如此說道後，便吐出：

「那麼，待會見。」

旋即瀟灑離去。我也決定仿效國木田的行動，獨留谷口在原地像個阿呆似的瞠目結舌。

「拜拜，谷口。傍晚再跟我說你的成功率有多少。假使有成功的話。」

嗯——接下來該去哪裡好呢？

回到教室去的話，搞不好只有春日一個人在。和那女人一起在校園內閒逛，我怕又會滋生出明顯有損我顏面的弊端。一想到這，我的腳就自動轉向別的方向。本來想說她可能還在校門口扮兔女郎發傳單，大概是有什麼何方神聖制止她了吧。現在恐怕是獨自在社團教室發呆。拜託。今天就好。求求妳讓我有個人的活動時間。明天我老媽和老妹會來參觀，似乎會和愛招搖的春日發生什麼牽扯。

我重新再審視一次節目表演單。有趣的項目並不多。校內問卷調查結果以及國產蒲公英和外來品種的分布研究等我連做都不想做的展覽，自然連看都不想看。各學年有二部左右的電影上映，我更是打從心底唾棄，淨是外行人的學藝會（註：類似學習成果發表會。）和瓦楞紙打造的迷宮屋也讓我提不起興趣。招攬別校校隊組成的手球社對抗賽會有意思嗎？只有導師岡部在一頭熱。

「可以打發時間的……」

我的目光突然停駐在校慶唯一的大規模活動上。會為了這一天日以繼夜練習的，大概也只有那裡的成員吧。我突然想起這幾週來每到傍晚就會響起的擾人喇叭聲。

「大概只有吹奏樂團的音樂會吧。」

我拿起手冊再確認一次。很遺憾，他們的表演明天才會登場。登記使用禮堂的社團似乎相當多。話劇社和合唱團也是明天登台。那今天有什麼表演呢——

「輕音樂社和自由報名的樂團演奏大會。」

嗯，這蠻常見的。雖然參予盛會的樂團大多演奏時下流行歌手耳熟能詳的樂曲，偶爾聽聽現場演出的音樂也不錯。他們所投入的熱情和努力大概有我投入電影製作的百倍之多，我就去驗收一下成果吧。一邊聽他們的音樂，一邊神遊物外。起碼那段期間，我一定可以將自己經手的獨立製作電影完全拋諸腦後。

「獨處的時間也是必要的。」

也就是這樣，我才完全想像不到我悠哉悠哉聽音樂的想法會被打得支離破碎，而且措手不及。

我實在太嫩了，老以為這世上有所謂的限度。明知有人可以無視設限的存在輕易跳脫，我還是不自覺會忘記。也就是這樣，我前些日子才會落入無限的漩渦現象，這也超乎了一般人常識的界限。直到一次又一次陷入光怪陸離，我才明白自己有多膚淺。我絕對要將這個教訓列入給後代子孫的教條。至於我的後代子孫有誰會將這樣的教條奉為圭臬，就姑且不管了。

門戶大開的禮堂以相當大的音量播放著擾人的噪音。音響效果就好比天界的風神和雷公興之所至開起了演奏會一樣。這個搖滾靈魂洋溢的演唱會場或許有些廉價，但是只要夠投入，技巧就如同要不要在納豆裡面加入辛香料一樣，不是什麼大問題。雖然加下去是再好也不過。不過其實意不在辛香料，主角可是納豆。若是一開始就要求加辛香料的話，對納豆就太失禮了。

我環顧室內，場地非常小，擺滿鋼管椅的禮堂聽眾實質上已坐滿六成，到主辦單位上台宣布開演時，大概坐滿八成。台上的外行人樂團賣力演奏著無編曲的耳熟流行樂，雖說他們離賣力還有一點距離，但是廣播社社員的混音技巧也是有待加強。

由於燈光集中打在舞台上，周圍顯得有點昏暗。我找到一整排都沒人坐的空位，在最邊邊落座。

節目單有說明，這場音樂會分成輕音樂社的社團表演和一般民眾自由參加兩個部分。現在在台上表演的是輕音樂社不知幾班的學生。鋼管椅的最前排附近是站席區，裡面有人隨著音樂搖擺。根據我的判斷，那八成是表演者的家人或是花錢請來捧場的。不管如何，這裡的擴音器音量對一個想要神遊物外的聽眾來說實在是太大聲了。

就在我把雙手放在頭後不久，最後一曲的間奏響起，主唱隨著旋律介紹該團成員時，我才知道他們是輕音樂社二年級的友好五人組，只不過這一類的情報我不用三天就忘得一乾二淨了。

我對音樂的造詣沒有深到夠格談音樂，對演奏者也不想進一步了解，所以完全不在意。像這樣的節目最適合用來解悶了。

於是，我的神經開始放鬆下來。

因此，當五人組揮著手在稀落的掌聲中從舞台的一邊退場，下一組樂團成員從另一邊上台的時候——

我不禁懷疑起自己的眼睛。

「嗄？」

禮堂的氣氛一下子就改變了。嘶唰唰唰——在場所有人員的精神狀態一舉下滑了十公尺的聲音化為SE（註：Sound effects，音效），敲擊我的頭。

「那女人到底想幹嘛！」

提高譜架，拿著麥克風架走上台的人讓我心裡一點譜都沒有就算了，竟然還穿著我很眼熟的兔女郎裝，有著我很眼熟的容貌和身材，沐浴在聚光燈下。

那個戴在頭上的兔耳朵微微顫動，穿著暴露站在台上的人是誰，就算把她的眼珠子挖出來換成別人的，我還是知道她姓啥名啥。

涼宮春日。

那個春日不知為何，以非常認真的表情站在講台中央。

可是，只有她的話倒還好。

「嗄嗄？」

這是看到遲些才現身的第二人，我肺中的空氣一口氣全漏光的效果音。

有時是邪惡的外星魔法使，有時又是手拿水晶球的黑衣占卜師。

「……………」

啞口無言，我真的是啞口無言。

長門有希穿戴著我早就看膩的那頂黑帽子和那身黑斗蓬，肩上莫名扛著一把電吉他。她們到底想做什麼？

假如朝比奈學姊和古泉也跟著登場，反倒能讓我安心不少。可是第三人和第四人都是看也沒看過的女學生。樸實的制服打扮有著讓人肅然起敬的威嚴，想必是三年級的學姊。一個拿著貝斯，另一人則向單人套鼓走去。看來不會再有其他成員上來了。

為什麼?春日和長門的校慶活動服裝讓我真想閉上眼睛。可是，為什麼那兩人會混在由輕音樂社成員組成的樂團中。而且春日還站在最醒目的位置，儼然是主角一般手握麥克風？

就在我和腦中不斷冒出的問號格鬥的期間，四人組謎樣樂團的成員似乎都已就定位。在台下的聽眾一片譁然、我則是啞口無言地盯著她們看，貝斯手和鼓手神情緊張的開始試音；長門則是和往常一樣面無表情，聞風不動地把手放在吉他上預備。

接著春日在譜架放上像是總譜的紙冊，慢慢環視會場一周。客席很昏暗，我想她應該看不到我。春日敲敲麥克風的頭，確認電源有無開啟後，又轉向鼓手說了些什麼。

沒有寒暄、沒有通知、也沒有司儀的串場。當鼓棒抓到韻律開始敲打時，演奏就突然開始了。光是那個前奏就差點讓我從座位上滑下去。長門的吉他技巧儼然已達到了Mark Knopfler（註：險峻海峽（Dire Straits）主唱兼吉他手。）和Brian May（註：皇后合唱團（Queen）吉他手）等級的超高水準。而且她們所演奏的是我從沒聽過的曲子。這是什麼?這是什麼?——正當我這麼想的時候，宛如要乘勝追擊似的，春日開口歌唱。

那是很清亮，彷彿能傳到月球上的嘹亮歌聲。

只不過，她是一邊看著譜架上的總譜一邊唱。

在第一曲演唱期間，我始終都無法恢復正常。倘若RPG遊戲裡有名為「啞口無言」的輔助魔法，被施了魔法的怪獸大概就是像我現在這個樣子吧。

台上的春日沒有任何肢體動作，站得直挺挺的，專心一意地高歌。嗯，要邊看譜邊唱歌的人手足舞蹈是不方便。

我還驚魂未定，第一曲就結束了。照理說，這時該是歡聲雷動、拍手叫好的場合，無奈會場的聽眾都和我一樣，嘴巴和手臂都連帶石化了。

現在是怎樣？春日上台已夠讓我驚訝的了，餘驚未了之際，長門行雲流水的吉他技巧又讓我驚嘆不已，相信其他的輕音樂社相關人員也會和我有同樣的疑問。至於不認識春日的校外人士，大概只會在：主唱為何穿兔女郎裝？之類的問題上打轉吧。

整個會場靜得像是地毯式轟炸過後的壕溝。

而我們，就像是在破船上的甲板聽到海妖（註：Seiren，希臘神話中用歌聲迷惑船員走入海中，使船沉沒的海妖。人首鳥身。）美妙歌聲的船員那般呆若木雞。我定睛一看，彈貝斯和打鼓的女學生也以差不多的神情看著春日和長門。目瞪口呆的人似乎不只是聽眾。

春日一直看著前方等待，不久就微微皺起眉頭，看向後方。慌張的鼓手連忙揚起鼓棒，開始演奏第二曲。

將會場所有人的臆測拋在腦後，神秘樂團的演奏轉眼已經進入第三曲。

或許是聽習慣了，我的耳朵終於有餘裕來賞析歌詞和曲調。這首是快節奏的R&B。雖然是第一次聽卻相當順耳。我認為是一首相當不錯的曲子。也可能是吉他手的彈奏太過出神入化，再加上春日可圈可點的歌聲……嗯，該怎麼說呢，固然平常聽她大吼大叫慣了，但我不否認她的確有副過人的好歌喉。

聽眾也一一從剛開始的石化狀態解放，注意力又漸漸被拉向舞台。

我無意間回頭望了一下，發現聽眾比我剛到時增加許多。而且正好看到一個熟人。那小子身穿丹麥騎士服，朝著我走來。

「你好。」

可能是怕聲音會被特別設置的擴音器傳出的高分貝給淹沒吧，他是貼著我的耳朵說的。

「請問這是怎麼一回事？」

來人正是古泉。

不知道！我吼回去，視線落在古泉的奇裝異服上。怎麼連你也穿著校慶活動用的戲服走來走去？

「一件一件換下來很麻煩，乾脆直接穿一整套戲服出來晃。」

為什麼晃到這裡來？

古泉對著正在台上高歌的春日投以溫和的目光，撥了撥瀏海。

「我聽到了傳聞。」

已經變成傳聞啦？

「是的。以那樣的穿著打扮上台表演，不引發熱烈討論才叫不可思議。人的嘴巴是關不住的。」

北高最自豪的問題人物涼宮春日這回又有新創舉了——諸如此類的新聞已在四面八方傳開來。我是不在乎那女人的X檔案再添上一筆新事蹟，但這回要是將SOS團或是連我的名字也給牽扯進去的話，就太不合情理了。

「話說回來，涼宮同學還真是厲害，長門同學也是。」

古泉笑著說，狀似陶醉地閉上眼睛聆聽。我再度將視線移回舞台，仔細觀察起春日，想從她的舉動讀出些蛛絲馬跡。

對她們的歌唱和演奏，我和古泉差不多抱持同樣意見。除了由主唱準備譜架和歌詞卡在台上高歌，這種前所未聞的現場演唱會光景之外。

不過，我又隱隱感受到某種原因不明的牽動。心頭這陣莫名的奇癢到底是什麼？

一改之前的快歌曲風，像是要讓節目更富於變化似的，中間穿插了一首抒情曲，當這第四首曲子劃下休止符後，我不由得感佩起歌詞和樂曲來。已經好久沒聽到如此打動人心的歌曲了。而且不光是我一人這麼覺得，周圍的觀眾也都聽得相當入迷，甚至連清喉嚨的聲音都沒有。曲子演奏完畢後，禮堂又再度被沉默所包圍。

終於——春日面向已經座無虛席的聽眾席，對著麥克風說出了歌詞以外的第一句話。

「呃——各位聽眾好。」

春日以有點僵硬的表情……

「現在非跟大家介紹成員不可了。事實上，我和——」

指向長門。

「有希都不是這個樂團的成員。我們只是代演。真正的主唱和吉他手臨時有事不克上台。啊，應該說是主唱兼吉他手，因為是同一人。所以樂團的正式成員只有三個。」

聽眾們靜靜的傾聽。

春日突然離開譜架，朝貝斯手走去，將麥克風遞給那個女學生。只見那個女學生露出驚慌失措的神情，囁嚅著問春日：什麼事?接著才以激動的聲音報出自己的名字。

然後春日又走向套鼓，讓打擊樂器樂手自我介紹之後，馬上回到舞台中央。

「這兩位和目前不在場的樂團領頭才是真正的團員。就是這樣，抱歉。當初我並沒把握能否代唱好，可是離登台表演只剩一小時了，我也只好豁出去。」

春日動了動頭，兔耳跟著晃了晃。

「所以呢，大家若想聽不是代唱的人，而是由真正的主唱兼吉他手彈唱的曲子，待會請過來登記。啊，若是有剛好帶錄音帶或是ＭＤ的人，我們也可以免費幫他們拷貝吧？對吧？」

對春日的疑問，貝斯手生硬地點了點頭。

「好，就這麼決定。」

春日露出上台之後的第一個笑容，原來那女人也是會緊張的。彷彿現在終於解開咒縛了似的，綻放出平日在社團教室常見的——或許沒那麼燦爛，但是亮度至少也有五十瓦的笑容。

春日默默地朝依然面無表情的長門笑了一下，接著用足以轟走擴音器聲筒的音量大喊：

「現在，獻上最後一曲！」

後來，我問春日才知道——

「我在校門口發電影傳單發完了，想回教室去時……」

春日說道：

「發現有人在鞋櫃附近爭吵。沒錯，就是那個樂團的成員們和學生會的校慶執行委員會在爭吵。我很好奇，就過去聽他們在吵什麼。」

穿著兔女郎裝嗎？

「我穿什麼不是重點。我將聽到的爭執內容綜合起來之後發現，原來是執行委員會不讓那個樂團上台。」

那也犯不著在鞋櫃前面吵啊。

「那是因為輕音樂社的三年級學姊們組成的三人樂團，其中一個身兼主唱和吉他手的領頭，到了校慶當天卻發高燒。聽說是扁桃腺炎，嚴重到聲音幾乎發不出來，站著時也是一副快虛脫的模樣。」

那她真是太不幸了。

「就是啊。再加上她不小心在自家跌跤，扭傷了右手腕。上台表演幾乎是不可能的任務。」

明知不可能，她還到學校來？

「嗯。她哭訴著死也要上台。可是看樣子她像不直接送去醫院就會掛掉似的，執行委員會的人才會從兩側……就像這樣，像是架著綠色外星人一樣將她帶走。雙方就這樣拉拉扯扯，最後來到了鞋櫃。」

可是，那位主唱兼吉他手，在又病又傷的狀態下要如何演奏？

「憑著一股幹勁。」

如果是妳，我是覺得還有可能辦到。

「她們為了這一天很努力練習！自己的努力化為泡影是無所謂，可是不能連其他同伴的努力也賠進去呀。這種情形的確很討厭。」

瞧妳說的好像自己有多努力過似的。

「曲子也是。她們要表演的可不是口水歌喔。而是她們自個兒作詞作曲的原創歌曲！當然說什麼都很想發表。要是樂譜有嘴巴，它也一定會大喊：『演奏！給我演奏！』」

所以妳就挽起袖子，義不容辭跑過去幫腔了？

「我當時的服裝是無袖的。這所學校的校慶執行委員全是唯老師命是從的無能笨蛋，那種人說的話能聽嗎？不過……儘管我和學生會是死對頭，看到當時那位領頭的臉色，我也覺得她快不行了。於是我就這麼說：『不然我代妳出場好了。』」

那個領頭和貝斯手和鼓手還真的都答應了？

「只有唱歌的話倒簡單。那位生病的領隊稍微愣了一會，就說：『好啊，如果是妳應該辦得到。』接著勉強擠出一個疲憊的微笑。」

春日的長相和名字，在北高是無人不知無人不曉。或許大家也都知道她是個怎樣的女生。

「我沒有多想，連忙將那個人塞進老師的車裡送往醫院，然後就專心地用身體去記試聽帶和樂譜。畢竟時間只剩一小時了。」

那，長門呢？

「嗯，其實我來彈也是ＯＫ。可是沒時間了。光是記主旋律就夠我忙的，所以吉他部分我決定拜託有希。你知道嗎？那丫頭簡直是十項全能！」

我當然知道。而且我比妳還清楚。

「我去找她時，她正好在幫客人占卜，我跟她說明原因，她二話不說就跟我走了。我也很驚訝她對樂譜過目不忘的功力。她只稍稍看過一遍，就能將所有的曲子彈得這麼完美。真不曉得有希的吉他是在哪學的。」

大概是在妳跟她求救時的那一瞬間，她才開始學的。

在那之後又過了兩天，到了星期一。

時值行程出乎我意料之外的校慶落幕後的第一個週一，要上第四堂課之前的休息時間。

春日坐在我後面，好心情地在筆記本上寫些東西。我不太想知道內容，但我大概猜得到是什麼。ＳＯＳ團出品的獨立電影票房還算不錯，這讓她精神為之一振，打鐵趁熱的開始構想第二彈。要如何將那種妄想從春日的頭殼裡驅逐出境，真夠我傷腦筋的了。

「外找！」
上完廁所回來的國木田大聲說道。
「找涼宮同學的。」
看到春日抬起頭來，國木田指了指教室門口，就此結束了臨時傳話筒的任務，快步回到自個的座位。
敞開的拉門外，站著三位態度沉穩的女學生。其中一人一隻手纏著繃帶，另外二人我有印象……是上次那個樂團的成員。
「春日。」
我用下巴指一指門口。
「她們好像有事找妳。快去見客吧。」
「嗯。」
很意外的，春日露出了猶豫的表情。雖然慢慢站了起來，卻沒有走出去的意思。最後居然還這麼說：
「阿虛，跟我去一下。」
為什麼我要跟妳去？但我連反駁的機會都沒有，就被春日揪住襯衫的領子，用蠻力硬拉往教室門外。三位學姊頓時綻開了笑靨。

春日強行把我拉到她的旁邊站定。

「妳的扁桃腺炎康復了嗎？」

她對著我頭次見到的三年級女學生說話。

「是的，差不多了。」

那個人像是在撫摸似的碰了碰喉嚨，以嘶啞的聲音回答：

「真的很謝謝妳，涼宮學妹。」

深深地對春日一鞠躬，而且是三人一起。

聽她們說了才知道，全校（尤其是女性群）紛紛殺到輕音樂社，向她們索取原唱版試聽帶。她們現在就是來挨班挨戶發送ＭＤ。

「數量多得嚇人。」

我聽到那個數目，也嚇了一跳。因為大家爭相索取的不是春日主唱、長門吉他伴奏的代演版本，而是她們的原唱版本。這的確是意想不到的月暈效果。

「這全都是託妳的福。」

三人向有為的學妹綻露的笑顏，相似得像是同一個模子印出來的。

「這麼一來，我們三人共同創作的心血就沒有白費了。我們真的非常感激妳。涼宮學妹果然厲害。這次的校慶活動或許是我們在輕音樂社最後一次的演出，可以的話實在很想自己上場，但是請人代唱總比棄權來得好。學妹妳的大恩大德，要我磕十個響頭都不為過。」

能讓高三的學姊笑得如此誠懇，而且感恩至此，即使我不是她們感謝的對象，也覺得相當不自在。我幹嘛非得站在春日旁邊陪她一起尷尬啊？

「我們想送個禮物答謝妳。」

一聽到領隊學姊這麼說，春日連忙搖手回絕。

「不用了，真的不用了。我唱得很開心，曲子又很動聽，那就好像免費在唱現場有樂隊伴奏的卡拉ＯＫ一樣，我要是再收下妳們的禮物，反倒會很愧疚。」

我覺得春日的語氣怪怪的。好像是在朗誦事先擬好的說詞似的。雖然對學姊也不用敬語很像是這女人的作風。

「所以，不用把這件事放在心上。要道謝的話倒不如找有希。那丫頭才是被我硬趕上架的鴨子。」

那三人齊聲表示，她們先去過長門學妹的班級了。

聽說長門面無表情聽完感謝與讚賞的話語後，只點了一次頭，然後就默默地指著我們班的方向。這個情景不難想像。

「那麼——」

領頭的學姊最後又說：

「我們打算在畢業之前找個地方再辦一次演唱會，如果不嫌棄，請妳……」

並且瞇細雙眸注視我。

「帶朋友一起來。」

可是，為什麼會有那麼多人要索取她們三人的原唱版本呢？

原因後來有人解析出來了。像這種稱不上是謎題的小小疑問，唯有在這種時候才會由那個喋喋不休的某人揭曉。這超能力小子還真有用啊。

「你注意到涼宮同學的歌聲和節奏組（註：Rhythm Section，通指樂隊中的鋼琴、鼓、貝斯、吉他等四種樂器）之間微妙的分歧了嗎？正確來說應該是，涼宮同學唱的旋律線和長門同學的吉他刷奏（註：riff，特指吉他的即興重複演奏段），與貝斯、鼓這兩者之間的歧異。」

古泉如此表示。

「那種歧異細微到幾乎感覺不出。畢竟那四人的演奏是如此合作無間，根本讓人想不到是臨時代演。涼宮同學的音感著實驚人，試聽帶才聽三遍就上台代打了。」

彈奏技巧直逼職業級水準的長門也是相當驚人，但對萬能的長門大明神來說，那樣的神乎其技也沒什麼。

「可是，那樣的演唱還稱不上是完美。不管怎麼說，那都是原創樂曲。反覆練習自己創作曲的樂團成員，和臨陣磨槍的涼宮同學，兩者的基礎一開始就不同。」

那是當然。

「是的。也就是說，本來的樂團成員貝斯手和鼓手，與急就章死背歌詞與旋律再重新詮釋的涼宮同學，以及配合其歌聲彈奏吉他的長門同學這四人，儘管賣力合演，還是發生了小小的分歧。聽眾聽在耳裡，難免會覺得有點不協調，可是又說不上來是哪裡不對勁，因為那是種下意識的感覺。」

這小子還是一樣，講得一副煞有介事的樣子。不覺得凡事只要用心理術語來解說的話，什麼都說得通嗎？

「這是我經過分析的結果，再聽我解說下去你就會明白。隨著第二曲、第三曲，聽眾下意識感受到的不協調無形中也越變越大，直到最後一首曲子……你想想，在那之前，涼宮同學做了什麼？」

就是跟台下聽眾解釋，原本的主唱兼吉他手不克上台，臨時由自己和長門代打，然後又將麥克風塞給貝斯手和鼓手自我介紹，就這樣而已啊。

「那樣就足夠了。謎底在那一瞬間都解開了。盤踞心中的疑雲一掃而空。啊～原來是這樣，這奇妙的不協調感就是因為這樣啊——謎底完全都解開了。」

照你這麼說的話……其實也沒錯。可是，我還是覺得納悶。

「涼宮同學的演唱和長門同學的吉他在水準之上，甚至超越了高中輕音樂社的程度。聽眾就會想，臨時主唱和吉他手就這麼優秀了，原班人馬的演奏豈不是更棒？」

所以才那麼多人跟她們索取ＭＤ？

「涼宮同學唱得相當好，幾近完美。可是她未臻完善的演出卻造就了好結果，涼宮同學還真不是蓋的。」

可能吧。對那個三年級樂團而言，遇到春日的確是遇到了貴人。

可是……對我們而言呢？

「對我們而言？什麼意思？」

就是對在這所學校比誰都深受春日之害的ＳＯＳ團團員而言是怎樣啦！難道你也要我們期待遇到那女人會出現什麼「好結果」嗎？

「這我就不知道了，那種事不到最後是不會揭曉的。是啊，假如到了曲終人散時，覺得能認識她真不錯，那也是一種幸福。」

三位三年級學姊在第四堂課的上課鐘快響完之前回去了。
春日以複雜得難以理解的表情回到自己的座位，用同樣的神情心不在焉地上完第四堂課，午休時間一溜煙就不見人影。
我則是和國木田一起聽谷口辯解：「真的，校慶期間根本沒有正妞。我認為是我們高中的地理條件太惡劣了。學校不在平地，情路也會崎嶇不平。」不過我是左耳進右耳出，一味埋頭苦吃。把三兩下就扒光飯菜的空便當盒放進書包之後，從座位上站起來。
沒來由的，我就是突然很想來個飯後散步。
漫無目的的走了一會，不知為何我的腳自動轉向中庭，從連結社團大樓的迴廊走到東禿一塊西禿一塊的草坪。然後，很偶然的，我遇到了躺在草坪上的春日。
以黑髮和雙手為枕的她，看似專心地觀察雲的動態。
「嗨。」
我開口說。
「怎麼啦？從上一堂的休息時間就板著一張臉。」
「幹嘛？」
春日丟給我一個答非所問的回答，又望著天上的雲。我也依樣畫葫蘆，一語不發地望著天

空。

不知道沉默了多久。我想不會超過三分鐘，只是對體內的時鐘沒啥自信就是了。

這場無意義的沉默交戰到最後，是春日先開口。口氣聽起來有些勉強，似乎是沒話題在找話題。

「嗯——總覺得定不下心來，到底是為什麼呢？」

從春日的語氣聽得出她確實很困惑，我也只能苦笑。

「我哪知道為什麼。」

那是因為，妳不習慣有人跟妳說謝謝。而且還是那種和妳似乎八竿子打不著的面對面道謝。這讓妳覺得自己是不是不該雞婆到去當樂團的救兵。畢竟換作是妳，就算聲帶破了個洞又兩手骨折，不管周遭的人如何勸阻，妳也會憑著毅力在台上死命硬撐下去，壓根就不會想到要去仰賴誰拔刀相助。

可是，結果呢？妳不僅救火成功了，還讓那幾位學姊的原唱曲試聽帶供不應求，說到底這全都是妳勇於對抗執行委員的結果。她們的感謝是真的發自於內心。可見妳當時下的決定，不是最好也是第二好的正確處置。怎麼樣呀，春日？這下妳也明白行善的重要了吧？乾脆發願下半輩子都為世人服務吧？

……以上這段話，我一句也沒說出口，只有在心裡想而已。畢竟這時候我只不過站在春日身邊，仰望著天空而已。校慶活動一落幕，秋意就漸漸轉濃，山風開始追逐起稀薄的雲朵。

春日也保持沉默。臉上的不悅表情一定是故意做給我看的。在她腦海裡呈現的，肯定是另一種表情。

「幹嘛？」

躺平的春日將視線移到我身上，而且目光凌厲。

「你是不是有話要說？那就快說！雖然可想而知是無關緊要的話，但是悶在心裡久了會悶出病的。」

「沒有，真的沒有。」我說。

春日坐起來，胡亂抓起草坪的草分屍之後朝我丟過來。可是氣象大神似乎是站在我這邊，突然颳起的逆風反將綠色的屍塊吹到春日的臉上。

「可惡！」

將吹進嘴裡的草片呸乾吐淨後，春日又再度躺平。

我猛然抬頭，仰望社團大樓。從這裡看得到文藝社的窗戶。本以為會看到一個瘦小短髮的人影在俯看我們，卻沒有那樣的情景映入我的眼簾。沒有是正常的。

沉默又持續了好一陣子，一個像是自言自語的聲音響起：

「現場演唱實在很不錯。雖然我一度有點迷惑這樣做不知好不好……不過，我玩得很開心。

該怎麼說呢？就是有一種自己在投入的感覺。」

穿著兔女郎裝上台，邊看樂譜邊進行豁出去的代演，最後還認為自己玩得很開心，就表示妳的毅力是無上限的。雖說我早就知道了。

「就是因為這樣，那位受傷的學姊才會和執行委員纏鬥到最後關頭。」

「是啊。」

聽了這番剖心置腹的告白，我心中多少有些感動，這傢伙果然叫人大意不得。

「喂！」

直到剛剛都還表現得很沉穩的春日，突然跳起來湊近我的臉說。我反射性的向後躲，卻踩了個空。眼前這位表情百變的女王露出特級的笑容，提高音量往下說：

「阿虛，我問你。你會彈什麼樂器？」

一股異常得不尋常的不祥預感以最快速度向我襲來，我趕緊全速搖頭。

「都不會。」

「這樣啊？可是只要努力練習就一定行啦，而且你還有一年的時間能練呢。」

喂喂喂。

「明年的校慶，我們也來組個樂團參加吧。即使不是輕音樂社，只要試音過了就可以上台表演。我們一定可以輕鬆過關的。由我主唱，有希擔任吉他手，實玖瑠就讓她拿個鈴鼓，美化美化舞台，好不好？」

不好不好。

「當然，電影第二彈也得開拍才行。嗯！明年會很忙的。新一年的目標還是要比往年多一點才是！」

等等等等。

「好，走吧。阿虛。」

喂，等一下。現在要去哪？又是要幹嘛？

「去張羅器材啊！去輕音樂社的社團教室說不定能撿到寶。而且我還得跟那個三年級樂團請教作曲的訣竅。好事不宜遲！」

那對妳是好事，對我不見得是好事啊～但是春日完全無視於我的沉思，抓住我的手，拖了就走。

而且是大步走、全力疾走。

「你放心、作詞作曲由我一手包辦。當然編曲和舞蹈動作也是由我來！」

唉唉唉。只存在於春日腦子裡的神秘開關又再度啟動，突發奇想了。就算被外星人綁架拖上UFO的力道也不會這麼大。我再度抬頭仰望，搜尋可能救我脫困的人影。

社團教室的窗邊依舊沒有人。既是吉他達人，同時也是魔法使的外星人，現在八成悠閒地沉浸在書香世界。也是啦，現在是閱讀之秋嘛。

「拜託你用用自己的腳好不好？·喏，上樓梯三階併作一階，咚咚咚就到了！」

轉過頭來的春日，眼裡充分閃耀著想到快樂事情的神色，腳下的步調又加快了，最後終於奔跑了起來。

別無它法，我也跟著跑了起來。

你問我為什麼？

因為春日放開我的手，還要一段時間啊。

就這樣，高一的校慶在與季節變遷同步化中慌亂的過去了，但是春日的腦海裡似乎還留有慶典熱鬧過後的餘韻，而那股餘韻的背景上有著「預售票絕贊設計中」、「（預定會）震撼全美」、「構思一年、拍攝（應該不出）一個月」等類似排版印刷的廣告標語躍然紙上。

總之，她已開始構思第二部電影作品，準備明年校慶時上映。急性子也要有個限度。

也不想想我的心情，好不容易才揹著很重的貨物走到目的地，可以回家好好休息了，想不到又預排了更重的貨品等著我送！害我只能陪著有如在野獸行經的小徑上遭到孟加拉虎襲擊的小動物般的女主角，鎮日擔驚受怕。怪就怪前陣子上映的電影實在太猛了。

至於有多猛……就是有以下這麼猛。

朝比奈實玖瑠的冒險Episode00

她的芳名是朝比奈實玖瑠，乍看是相當普通、健康又可愛的少女，其實真實身分是未來人。假如你在某處也聽過一位「朝比奈實玖瑠」的人物，那只是單純雷同，其餘一概不同，在此先聲明。

先不管那個，朝比奈實玖瑠的真面目是來自未來的戰鬥女服務生。為何女服務生會來自未來，又為什麼一定要扮成女服務生，諸如此類雞毛蒜皮的問題，根本沒有任何意義。只能跟大家說，故事的設定就是這樣；而且其中沒有半個人具備所謂的存在意義。

……不知從何處傳來的天之音，正是那麼主張的。

現在，就來偷偷觀察這位朝比奈實玖瑠吧。

她平常都是做兔女郎打扮。這是因為實玖瑠平常的工作，是在當地的商店街招攬客人。每到傍晚時分，她就會換上兔女郎裝，在商店街商家的店頭舉著塑膠板，於店門口嬌滴滴的宣傳。也就是以世人所謂的打工來維生。

既然是專程從未來過來，應該會知道效率更高的賺錢手法才是，但是有鑒於這個故事是在全無現實的考量下展開的，趁著各位未對劇情產生過大的期待之前，先說明一聲比較貼心。

也就是說，她是平日化身為兔女郎的未來戰鬥女服務生。

至於扮成那樣是否有什麼特殊意義，在此也得先跟各位聲明，這樣的疑問到了最後也不會消弭。總而言之，就是無意義。就算有，謎底也永遠都不會解開。既然不會解開，就等於沒有。就結果而言，有跟沒有是一樣的。

這位朝比奈實玖瑠今天也是身著熱力十足的兔兔裝，在商店街的店頭舉著塑膠板，為店家招攬客人糊口。

「各位趕路的客人請留步！今天有新鮮的白菜大量進貨！而且有限時大優惠！限時大減價！從現在起短短一小時內，白菜一顆只賣半價！那邊的太太，快來搶購喔！」

在蔬果店前，可以看到以緊繃的聲音高喊的實玖瑠。嬌小的身材上彈跳自如、搖來晃去的可不只有頭上的兔耳朵，還有她身上的某部分。蔬果店的消費階層以家庭主婦居多，打美少女蘿莉牌能收到多少成效不知道，但是實玖瑠賣力宣傳的誠懇模樣，早已到達萬人傾心的境界，經過蔬果店的人都不由得發出窩心的微笑，扣得緊緊的錢包也不自覺鬆了一點。

「實玖瑠妹妹，今天也是活力十足耶。」

刻板的台詞從行人口中說出，實玖瑠綻開了有如螢光粉紅向日葵般的笑容。

「是、是的！我會好好努力！」

努力過頭的扮裝女郎開朗的回答，繼續對商店街散播純真無邪的魅力。

她的魔力可擁有足以讓客人將今晚預定的菜單改成白菜鍋的神奇力量喔！再加上驚人的一句話：

「數量有限，請快來搶購！」

一下子蔬果店門前就擠滿了黑壓壓的人群。一轉眼特價白菜就賣光光。

實玖瑠被店老闆叫進店裡，經營蔬果店的森村清純先生（46）將裝了日薪的信封交給她。

「每次都承蒙妳的幫忙。雖然薪資很微薄，還請妳收下。」

從長年辛勞化為歲月刻痕覆蓋全臉的森村老闆粗糙的手中，收下茶色信封的實玖瑠說：

「哪裡哪裡，老闆您太客氣了。我才是一直承蒙老闆的照顧，因為我只會做這麼簡單的工作……」

實玖瑠不斷鞠躬稱謝，真是一名從頭到尾一直保持謙虛態度的少女，只見她將信封塞進開得極低的領口。

「我接下來還有肉販店的宣傳工作，請容我就此告辭。失陪了！」

實玖瑠抱著塑膠板走到商店街。她現在已成為這條商店街不可或缺的吉祥物，深受當地居民喜愛，親和力超強。

加油吧，實玖瑠。將流失到去年剛開幕的大百貨公司的顧客統統拉回商店街。促進地區發展和個人店鋪的命運，全靠妳一肩扛起了。

——望著她的倩影，不禁讓人想出這樣的旁白文案。

但是，實玖瑠並不是為了拯救一個地方都市沒落的商店街，才從未來來到現代的。兔女郎裝也只是她欺瞞世人的打扮，請勿忘了她的本業是戰鬥女服務生。其實扮成兔女郎還是女服務生根本沒差，但是故事設定如此，多少還是得提一下。

這是因為故事是源源不絕的靈機一動所催生的產物，劇情的鋪陳自然也是漫無計畫的進行。

所以，實玖瑠真正的目的，也就是她此行重要的任務，說穿了，就是暗地守護一名少年。

那位少年名叫古泉一樹。乍看是相當普通、隨處可見的高中生，其實是超能力者。假如你在某處也聽過一位「古泉一樹」的人物，相信不用多做說明，各位也明白那只是單純雷同，其餘一概不同了吧。

雖然身為超能力者，但古泉一樹本人並無自覺。後來是因為某種契機，才讓他體內潛藏的超自然力量覺醒。為了防患未然，現在仍是過著不管是主觀或客觀認定，都與常人無異的高中生活。

今天，古泉一樹也是提著學生書包，臉上掛著輕浮的笑容，走在回家的路上。他上下學都得經過這條商店街的主街。

「……」

有個人影躲躲藏藏地偷看一樹的背影。從那個人影頭上長長的兩隻耳朵及幾近裸體的剪影，任何人一看就知道是實玖瑠。通常要跟蹤別人不會穿那麼醒目的衣服，但她平常穿的就是兔女郎裝，所以也沒有辦法。

「呼。」

實玖瑠吐出一口氣。看起來好像是對一樹平安無事的模樣感到放心，又像是愛慕學長但遲遲不敢開口打招呼的學妹不自覺嘆的一口氣。只是一想到這就讓人火大，決定無視後者的可能性。

目送一樹的背影遠離之後，實玖瑠就拿著用麥克筆寫上「牛胸肉一百公克98圓（內附心型符號，超可愛牛牛圖）」的塑膠板，帶著一丁點淒涼的神情，走往和一樹反方向的商店街。

對於路上店家的各種慰問話語一一點頭致意後，實玖瑠來到了昏暗的文具店。這家店的老闆是商店街公會的會長，也是提供實玖瑠目前居所的鈴木雄輔先生（65歲）。

「實玖瑠，妳回來啦。累不累？」

操著生硬的語調，鈴木先生以好好爺爺的慈祥笑容迎接實玖瑠。

「嗯——不會。今天客人也是很多……呃，就是那個所謂的，生意興隆。」

「那就好，那就好。」

對鈴木先生點頭致意後，實玖瑠走上店內斜度有點陡的階梯。穿過短短的走廊，有間四帖半大的小和室，就是實玖瑠在這個時代的住處。

鈴木先生住在別處，這間房間原本就是空屋，中間的過程是怎樣不清楚；總之未來人實玖瑠便是在此落腳。

關上紙門，實玖瑠緩緩卸下兔女郎的裝扮。很遺憾，這麼養眼的鏡頭被剪掉了。接續的畫面是她穿著鬆垮垮的T恤，鑽進薄被，然後就結束了。

另一方面，用著所謂若有所思的眼神看著古泉一樹的，還有另一個人影。

那個人名叫長門有希，乍看是既不普通，也不一般的少女，其實是邪惡的外星魔法師。由她戴著帽沿寬大的尖帽配上斗篷的這既不符合流行時尚、也非隨處可見的穿著，就可以窺見一二。順帶一提，假如你在某處聽過一位「長門有希」的人物，那只是單純雷同，其餘一概不同——相信這番話各位也都聽到會背了。

「……」

有希板著不帶一絲感情的撲克臉，站在一所高中的屋頂上。這所高中就是一樹就讀的學校，由畫面來推斷，這位有希似乎對一樹也有什麼企圖；但是從時間來推斷，一樹這時早已經放學回家，換句話說有希是在一樹不在時站在屋頂上。可說是相當匪夷所思的切入鏡頭。

先前在商店街似乎已近黃昏，但是此時有希頭上的太陽差不多是在南邊的天空，日光也強烈得有如正午，就算再怎麼粉飾太平，大家也看得出這是在午休時間拍攝的。由此可見，導演有多麼不注重劇情在時間點上的安排，強行拍攝的結果又導致後製剪輯有多麼辛苦了。

其後的展開也是同理可推。

由於時間有限，故事的來龍去脈完全沒有交代，就進入了實玖瑠和有希的首度對決。地點不知為何是在森林公園，無意義的穿插實玖瑠在神社和鴿群嬉戲的畫面之後，就直接跳到這個場景。

她身上穿的當然不是兔女郎裝，而是迷你裙過於迷你的女服務生服裝。頭髮紮成兩隻馬尾，妖嬈不足、嬌媚有餘的實玖瑠，雙手緊握看來頗重的自動手槍。她的表情滲出了在某方面而言可說是壯士斷腕般的決心，反倒顯出壯士一去兮不復返的哀戚。那並不是應導演指導下呈現的演技，而是女主角對自己當下的遭遇再真實不過的心境表現。

至於一身黑的長門有希，對於自己的際遇似乎無動於衷，單單只是直立不動，手上拿著綴有星星裝飾的魔法棒。

面對面的兩位少女，反覆進行著說是視殺戰有點言過其實的大眼瞪小眼。實玖瑠的眼神始終都很不安，大概是自覺到自己的勝算很小吧。

「喝！」

實玖瑠胡亂抓起手槍、閉上眼睛，緊接著扣住扳機。從槍口飛射而出的小子彈一顆顆朝有希襲擊過去。可是大半都撲了個空，從有希的旁邊掠過去，朝著目標飛過去的子彈大概用五根手指頭就數得出來了。

標靶有希當然不可能會置迫切的威脅於不顧，她左右揮動擁有〈STAR RING INFERNO〉這個誇大名字的魔法棒，快狠準的將子彈打落地面。

「嗚嗚……」

沒多久，手槍的子彈就用盡了，現場陷入一片沉寂。

「既、既然如此，只好使出我的絕招了！看招——」

現在就使出絕招似乎太早了，只見實玖瑠發出可愛的叫聲，丟下手槍，美目圓睜。閃著深藍色光芒的左眼睜得大大的，左手指做出V字手勢放在臉旁。

「實、實、實玖瑠光束！」

一聲叫喊和一個眨眼，從那個眼眸射出了必殺技光線。恐怖的殺人光線以光速橫切過空間，貫穿了軌道上的一切物質——照理來說應該是如此，但某人卻沒讓實玖瑠得逞。

那個人就是長門有希。

拍攝時並未做特別處理，畫面上的有希卻使出了瞬間移動，伸出右手擋住了實玖瑠光束。在細微的「嘶！」一聲的音效抵達前，踢擊地面的有希已逼近了實玖瑠。

「嗄?」

對著逼近的黑影，實玖瑠大吃一驚。有希以快到黑衣身影會晃動的速度攻擊實玖瑠，輕易地抓住實玖瑠的臉，壓倒在地。

「啊……長、長門……!」

黑衣長門跨坐在手忙腳亂的女服務生身上。

究竟在這之後，故事會如何急轉直下?實玖瑠的命運又將如何?又在什麼樣的機緣巧合下，一樹才會登場?

所有的謎底將在廣告之後揭曉，現在請欣賞由兩位女主角為大森電器行拍攝的廣告。

……

廣告播畢，電影再開始就是女服務生實玖瑠無精打采地走在街上。

「實玖瑠光束竟然不管用……我一定得想想辦法才行。」

實玖瑠自言自語的走在那條商店街上。她拖著沉重的腳步，衣衫不整的回到文具店，進到

電器店
…

連個像樣的家具都沒有的小房間裡，又開始換衣服。畢竟她走的不是變身女超人路線，身上的衣服必須一件件脫下來才能換掉。

紙門拉開後，實玖瑠又再度以兔女郎裝扮登場，垂頭喪氣的走下樓梯。

看樣子，不管戰鬥是贏是輸，她今天都一定得出去打工。該說她是認真或遲鈍？抑或是單純的努力不懈？電影中女主角的境遇實在賺人熱淚，和實玖瑠本人的遭遇也有些異曲同工之妙。

此時，古泉一樹也依然以若無所思的表情踩著空虛的步伐，走在路上。

在他面前，出現了神出鬼沒的黑斗蓬怪人•長門有希。這回有希肩上多了隻花貓，貓伸出爪子緊緊抓住有希的黑衣。感覺得出來那隻貓遠比有希還小心保持平衡，無聲無息原本就是有希的特徵，這回擋住一樹的去路，也是相當突然。

做出驚慌表情的一樹，在帶貓魔法師面前停下了腳步。

「來者何人?」

隨便編一句台詞也會比這句更適當，偏偏編劇就是編這句，沒辦法。

「我是——」

有希頓了頓，繼續說道。

「會用魔法的外星人。」

一樹直盯著貓回答。

「是嗎？」

「是的。」

有希也盯著貓看了起來。

「找我有什麼事？」

「我要你身上潛藏的能力。」

「假如我不就範呢？」

「即使得採取強硬的手段，我也非得到不可。」

「妳所謂的強硬手段，是什麼樣的手段？」

「就是這樣。」

有希揮動「STAR RING INFERNO」，然後星形標記就射出閃電一般的穿透光。

「危險！」

從旁邊飛竄而出的兔女郎抱住一樹，兩人交纏著仆倒在地。撲空的閃電彈射到電線桿旋即消失。

嬌軀覆在一樹身上的兔女郎實玖瑠完成了看了就火大的擒抱戲，不知為何有希竟然沒有追加攻擊。

撲倒時撞到頭的實玖瑠可能是撞得眼冒金星了。一樹搖了搖她的肩膀，才搖落了金星。

「好痛……」

摸著一邊的頭站起來的實玖瑠，果敢的指著長門高喊：

「我不會讓妳趁心如意的……」

有希目不轉睛的盯著實玖瑠，過了一會朝肩上花貓的貓鬚投以無感情的一瞥，又看向實玖瑠說道：

「今天我就先撤退。下一次可沒這麼便宜妳。在那之前先想好自己的戒名（註：出家人受戒或是佛教信徒死後取的法號）吧。下次我絕不會手下留情，勢必將妳殲滅。」

搞不懂她幹嘛要讓實玖瑠有喘息的時間。總之，有希說完後就轉身離去，步伐規律的嬌小身影逐漸遠去。

一樹開口：

「請問妳是誰？」

「咦？」

才鬆了一口氣的實玖瑠，臉色突然大變。

「啊，呃………我只是路過的兔女郎！就只是這樣而已！再、再見！」

像是追著有希的背影似的跑掉了。

「那個人到底是……」

一樹多此一舉地望向遠方，畫面也無意義的移往白雲做ending。

實玖瑠vs有希的二度決戰，是在湖畔。

或許不用說大家也知道，之前的過程都被省略掉了。用想的也知道是因為中間有許多曲折才會開戰……應該啦。

「我不會因為這種事就退縮的！邪、邪惡的外星人有希、妳趕快離開地球……！那個……對不起。」

「妳才最好從這個時代裡消失。他是我們的，他有那種價值。雖然他還沒有發現自己擁有的，是非常寶貴的力量。我們要運用那個力量來侵略地球。」

「我、我、我不會讓妳得逞的，就算賭上我的性命也一樣。」

「既然如此，那就納命來吧！」

這回有希沒帶貓，卻不知從哪拐來了幾個高中生模樣的男女。一位是活潑的少女，另外兩位是表情無所適從的少年，總計三名路人。

當中似乎只有那位長髮少女是實玖瑠的舊識。

「啊，啊，鶴屋同學……難、難道連妳也……請快點清醒過來！」

「實玖瑠妳穿成那樣，沒資格叫我清醒！」

一瞬間回復成本來面目的「鶴屋同學」，嘴巴故意歪一邊。

「實玖瑠，對不起。我不想這麼做，但是我無法控制我自己，真的很抱歉。」

「嚇？」

「來，實玖瑠，覺悟吧～」

演技一點也不懾人的鶴屋同學和另外兩人朝實玖瑠逼近。

有希在後方持續揮舞棒子指揮。那根下指示的棒子發出的不知是念波或是電磁波，總之是類似那樣的東西，鶴屋同學和另外兩人都成了受長門操控而喪失自我意識的傀儡。

恐怖的長門有希，竟然使出這麼卑鄙的手段，這麼一來，實玖瑠就不敢下手了。實玖瑠會如何應變呢？

「哇啊啊、哇啊啊啊～」

看來她是束手無策。

可憐的實玖瑠雙手雙腳都被鶴屋同學與另外兩名路人按住，直接拋進了濁綠的池子裡。不知發生了什麼差錯，另外兩名少年中較吊兒郎噹的那位也從池邊跌了進去。不管他，他也是會自己爬起來吧。

「啊，危……哇……！」

池子似乎深到腳踩不到底。實玖瑠表情驚恐，拚命地打水，因為太過慌亂遲遲無法前進。這樣下去要不了多久，她就會沉入池底，成為魚兒爭相競食的末路狂花。可是實玖瑠不會游泳……應該說設定是不會游泳，只會拚命拍打水面，讓水花濺起。這真是朝比奈實玖瑠最大的危機。

可是，這也是對女主角伸出援手的最佳時機。

「妳怎麼了？」

從旁邊氣定神閒登場的，是古泉一樹。挨著水面蹲下來的一樹，就像漫畫中的男主角對即將溺斃的實玖瑠伸長了手臂。

「請抓住我的手。冷靜一點，可別把我也拉下去了。」

問題來了。一樹至今是躲在哪裡呢？池子周圍都是平地，沒有遮蔽身子的障礙物，由他現身的時間倒推回去，實玖瑠掉進池子裡時，他應該就在旁邊看了。更不可思議的還在後面，直到剛才都還在揮動魔法棒的黑衣有希和她的三名手下不知不覺間消失得無影無蹤。這明明是給實玖瑠致命一擊的大好機會，到底他們都跑哪去了？

「妳還好嗎？」

「……唔……好冷……」

被一樹救起來的實玖瑠咳個不停，匍匐爬上岸。

「妳在那種地方做什麼？」
一樹問道。可是實玖瑠並沒有回答，只是呆呆的回望著他。許久之後才說出話來：
「做什麼啊……就那個……我被壞人推入池裡……呃——」
此時，好像某處傳來了聲響，實玖瑠呻吟了一聲：「嗚！」就昏死過去。沒錯，照劇情的發展，這時候就是要昏厥過去。
「請振作一點！」
躺在一樹臂彎中的實玖瑠，身體漸漸鬆弛下來。
通常，像一樹這樣的角色遇到這種情況時，都會叫救護車或是到附近的民宅求救，一樹卻不合情理的揹起實玖瑠，不知要走到哪裡去。臭小子！你想將意識昏迷的美少女帶到哪裡去？
——就算你在影片外如此叫囂，一樹足下的步伐還是很堅定。
果決的猶如受到強烈命令電波遙控似的一樹，帶著實玖瑠離開了現場。
去到某處。
某處就是他的住處，也就是電影中的家。
導演割捨了詳細的情景描寫，但一樹家肯定是地坪超大又優美的日式宅邸，從他將實玖瑠抱進自己寬敞的純和風房間就可看出來。

在此值得注意的，除了一樹攔腰抱起只穿著一件長T恤的實玖瑠的暴行之外，就是怎麼看都像是剛洗好澡，實玖瑠風情萬種的模樣。

可是，實在很難想像一個昏厥的人會自行入浴。這麼說，實玖瑠除了被這一臉假笑的小子的鹹豬手洗遍全身之外，難保沒發生過什麼。類似這種疑問，可能在心頭連短暫停駐都沒有，就化成勃然大怒，接著輕而易舉轉換成殺意，就像我現在的狀況。

一樹最該擔心的不是被有希襲擊，而是全校約半數學生的攻擊。

光是將溺水昏迷的少女，趁其失去意識時佔為己有，並帶到自己房間就將近構成犯罪，要是再幫她洗澡，就更是超乎犯罪，可算是人類的一種原罪。做出那種行為的人……不，做出那種惡行的一樹應該要活活被凌遲至死，家屬也不准談賠償損失。誰叫他做了全世界男生都想做的事。

現在，一樹將實玖瑠放在不知何時已鋪好的棉被上，在她旁邊盤腿坐了下來。雙手抱胸，若有所思。要不要來賭？我賭這小子腦袋空空，什麼都沒想。

瞧他對外來的指令言聽計從，這回又湊近了實玖瑠的粉臉，不就是最好的證據？他再接近一公分，劇本中沒有的角色就要破框而入，將古泉……飾演一樹的少年踢飛出去了。幸好，在這一幕出現也不會太驚奇的人物及時制止。

「且慢。」

邊說邊從窗戶探出身子，有如畫虎不成反類犬的死神見習生的少女，正是長門有希。忘了說明，這裡是二樓。之前她在哪裡待命，也是疑點重重；還請各位看倌將那視為茶泡飯的最後一口全嚥下肚裡。

說是死神的翻版，看起來卻像是喪服天使的有希滾進了房內，很快就站起身來。

「古泉一樹，你不該選擇她。你的力量唯有與我的結合，才能發揮效果。」

二十四小時都維持平靜的黑色眼眸直視一樹，以淡淡的口吻說道。

一樹的演技實在蹩腳，看到有希自窗戶現身一點都不驚慌，輪到他說話時——

「咦？什麼意思？」

才拉高語尾，做做嚴肅的表情。

「我現在無法說明。將來總有一天你會明白的。你有兩個選擇。看是要和我以某種方式在宇宙漫遊，或是與她結盟，探索未來的可能性。」

如果記得沒錯，有希這段台詞差不多有三成是她即興說出的。那其實是對應一樹的真實身分說出的台詞嗎？

那位長門……有希的話裡有多少寓意，暫且留到日後再來判斷。只見一樹面有難色，陷入了沉思。

「原來如此。不管選哪邊，他……不，現在這一幕是我。現在鑰匙握在我手上是嗎？話說回來，鑰匙本身並沒有什麼功用，基本上就只有開門的功能而已。開了那扇門，大概會產生什麼變化吧。恐怕有變化的會是……」

一樹頓了頓，不知為何面對攝影機的目光變得若有所思起來。這小子在對誰隔空喊話？

「我明白了，有希小姐。可是，現在的我沒有決定權。我認為現在就下結論的話言之過早。這件事可以保留到日後再做決定嗎？我們還需要一點時間考慮。除非你們肯說出所有真相，那就另當別論。」

「那一刻相信不遠了。可是我確定不是現在。我們習慣將情報不足視為瑕疵。沒有十足的把握，不會採取明確的行動。」

好莫名其妙的對話。一樹和有希之間似乎萌生了他人無法理解的共通意識。

有希緩緩點了點頭，看了看粉臉紅撲撲的睡美人實玖瑠，就從窗口爬出去，瞬間消失無蹤。她並不是從二樓掉下去喔。而是跳到了屋簷上，只是鏡頭上看不到。

一樹再度恢復苦思的表情，繼續凝視沉睡的實玖瑠。

等實玖瑠醒來，認清自己置身的狀況，在狼狽不堪下就會隨手拿起東西往一樹身上丟吧？畢竟孤男寡女共處一室，自己又意識昏迷，身上也只穿著一件T恤，誤以為自己受到凌辱，打得一樹狗血淋頭也不為過吧。請務必要那麼發展下去。

在人們各式各樣的期待與牽掛下，又到了插播廣告第二彈的時間。請好好欣賞由兩名女主角合拍的「山土模型商店」宣傳影片。

……

該則廣告播畢，故事也發展到起承轉結的轉部分。之前的戰鬥戲全都銷聲匿跡，劇情轉成戀愛故事，搞不清楚導演在搞什麼鬼。

劇情決定實玖瑠在一樹家住下來，然後就急轉直下成了讓人看了會昏倒的曖昧雙人同居物語。拍出來的成品甜得膩死人，光看就難為情得想當場裝死。

裡面有興沖沖地為一樹做難以下嚥的料理的實玖瑠、在玄關口送一樹上學的實玖瑠、不小心觸碰到一樹的手指，誇張地驚跳起來，紅雲飛上雙頰的實玖瑠、努力打掃洗衣的實玖瑠、歡天喜地迎接一樹放學回家的實玖瑠……

我忍不住大叫：拜託你們幫幫忙！只是那樣的狂嘯並未傳入任何人的耳朵，結果自然是不了了之，一樹和實玖瑠繼續高唱純情萬歲。古泉，拜託和我換一下好嗎？

順帶一提，古泉一樹是和妹妹兩人住——為了配合這個天外飛來一筆的設定，緊急從別處調來一位十歲的小學五年級生……不，她上月剛過生日，所以是十一歲的小女孩。她在畫面上無意義的跑來跳去、並且纏著一樹和實玖瑠不放。這也是本作又一個謎畫面。讓一樹的妹妹登場意義何在？

就在卿卿我我的場景中，實玖瑠與有希之間繞著一樹打轉，不明就裡的戰鬥，移往了一樹的學校。

萬萬想不到，有希居然轉學進入一樹的高中。我也完全摸不著編劇是怎麼想得到這種劇情來拖戲。在劇情安排上，有希捨棄了黑衣裝扮，認為使用懷柔手段遠比正攻法更能拉攏一樹，想出奇策排擠實玖瑠以接近一樹。首先，她在鞋櫃裡放情書，接著帶兩人份的便當，在午休時間去找一樹，放學時間也在校門口等候一樹，且將偷拍來的一樹照片藏在錢包裡等等，毫不懈怠地對一樹進行精神攻擊。那些伎倆根本不叫奇策，而是偷心的王道吧？

不用說，實玖瑠自然也會對有希採取抗衡措施。不囉唆，她也立刻成為轉學生潛入一樹的高中。那乾脆故事一開始就直接轉學進去不就得了。實玖瑠存在的理由就是守護一樹，一開始兩人就上同一所學校也不奇怪吧。甚至該說是這樣才正常。

在全然沒有說明的情況下，只能以不可思議四個字下註解的，就是實玖瑠和有希居然沒有在學校以來源不明的雷射光線或光束兵器大打出手。只好當作那兩人此時的目標已變成了「看誰可以先奪走一樹的心」。

故事本身的走向已完全迷失，呈現出的只是繞著一名少年公轉的雙姝戀愛爭霸戰。

當然壓倒性不利的是有希。再怎麼說，實玖瑠和一樹也是住在同一個屋簷下，先天條件上就有利得多。那可是住在哪裡都不曉得的有希無法跨越的高牆。就像阻擋匈奴侵略的長城那般屹立在前。

為了挽回頹勢，劇情又安排有希使出秘招。

「……」

「哇！妳怎麼了？」

完全不顧時間地點場合，緊緊抱住一樹。想必導演是想藉由肌膚相親，來動搖一樹的精神狀態。可是戰策行使者有希太過面無表情，實在很難看出她的舉動究竟蘊藏了多少情緒性的波動，畫面看起來反而有點詭異。

因為她的舉動和表情太不連貫，搭不起來。

看著抱在一起的那兩人，實玖瑠應該要做出為嫉妒所苦的表情；可是在旁人看來，那卻像是一樹愛怎樣都無所謂的樣子，表現得實在不夠有感情。

事實上，一樹怎樣做也的確是無關緊要。

實際上算算時間，也差不多是全體演員齊聚一堂為荒腔走板的劇情收尾的時候了。

大概是拍膩了輕鬆愉快的校園愛情劇，彼此心照不宣訂下校內停火協定的實玖瑠和有希，似乎有間歇性返回本來工作崗位的習性。兩人一換上戰鬥女服務生裝和外星魔法師的裝扮之後，類似打打鬧鬧的無聊戰鬥又再度上演。

故事走向的迷失度隨著劇情的鋪陳變得越來越大。

在社區後頭交戰的實玖瑠和有希＋有希的魔法使者貓三味線。

在學校後面的竹林槓上的實玖瑠和有希＋三味線。

在某處民宅門口扭打的實玖瑠和有希，以及看起來很無聊的三味線。

在一樹家的起居室跑來跑去的實玖瑠和有希、還有看著她們，咯咯笑個不停的妹妹和被妹妹抱著的三味線。

諸如此類，加入許多根本就沒有穿插必要的畫面之後，校園三角戀愛劇又若無其事的再度展開，實在教人無力到極點。

於是，一樹持續在實玖瑠和有希之間搖擺不定。對於他的際遇，觀眾的怨嗟會集中朝他攻擊也是理所當然。而且那些觀眾清一色都是男學生。偏偏操控劇情的神，也就是超級大導將那些雜音全都踢到場外，冥頑不靈地貫徹自己的信念。

因此，故事發展至今，劇情就像是不懂踩煞車的黑猩猩在玩賽車遊戲，每當過彎就撞車，然後又重新開始一直線硬衝那般亂七八糟。

可是，儘管超級大導再有主見，儘管她之前有多麼任性妄為、且戰且走的拍攝，她總算也體認到再不決定結局，這部電影會拍到沒完沒了的事實。雖然她很遲才體認到。

有多遲？當然是再不拍就火燒屁股那麼遲。

總之，繼續再放任故事發展下去是不會有結論的。現下只好將連登場人物自己在做什麼都不曉得的瑣碎片段拼湊起來，朝著終點一直線衝過去。

最後，我們決定讓有希猛然想起自己當初的目的，向實玖瑠宣告最終決戰。

一天早上，實玖瑠在鞋櫃裡發現了一封信。裡面有一張像是用印表機列印，字體凌亂的明體字便箋，上面寫著：「咱們做個了斷吧。」

不過呢，有希要是真的想殲滅實玖瑠，根本不用像這樣大費周章特地告知，前幾次對戰就不乏機會了。話又說回來，有希時而飾演袖手旁觀、什麼都不做，只是單純面無表情的一般高中生，時而又飾演和實玖瑠大打出手、莫測高深的外星人。她到底想做什麼？

想法同樣令人費解的還有實玖瑠。收下有希挑戰書的實玖瑠表情悲壯得像是下定了什麼決心，緊握住那封信，以眺望遠方的眼神「嗯」了一聲，強而有力的點點頭。她又到底是頓悟了什麼而點頭，雖然已經說過很多次了，但我是真的完全無法理解。唯一能夠理解的，就只有自始至終都未曾在攝影機前露面的某人吧。

縱然負責拍攝的我無法理解，謝天謝地的是，這世界早已事先被注入萬物皆有終始的宿命，才得以將人類從名為永遠的無間地獄中拯救出來。

終於，終於要進入故事的最高潮了。

此時，「鶴屋同學」再度友情客串，上前詢問悶悶不樂的實玖瑠：

「實玖瑠，妳怎麼了？瞧妳活像是被老頭子盯哨似的。還是妳被醫生告知得了香港腳？」

蹲在教室一隅的實玖瑠說：

「這一刻終於來臨了。我一定得去赴最終戰鬥之約。」

「聽起來真不錯。實玖瑠，那就交給妳了！地球的未來就靠妳了！」

霹哩啪啦說完台詞的鶴屋同學，臉皮抽跳了幾下，最後終於忍不住放聲大笑。

「……我會努力的。」

實玖瑠用麥克風勉強收得到的音量，小聲地說。

就算再度質疑這麼一個漏洞百出的故事，想必也不會得到釋疑。實玖瑠和鶴屋同學究竟是如何認識的？鶴屋同學是在池畔的傀儡戲那一幕首度登場，當時她們就已經知道彼此的姓名。由此可推出在實玖瑠轉校前，這兩人就已經認識。既然如此，當時有希應該在更後頭才發動精神操控攻擊。起碼那是一個因為有實玖瑠和鶴屋同學是朋友的設定，才顯得精彩絕倫的對戰戲碼。在這之前沒有補拍兩人友好的畫面，我敢斷言是導演的疏失。

當然，擾人清靜的天之音堅信自己的腦袋比任何人都清楚，對這類指責一概充耳不聞，只是一昧將腦內浮現的影像以最大的熱誠拍攝下來，放縱自己的本能毫不節制的行動。像我這樣的一般人，早被她操得身心俱疲。

於是，最終決戰決定在校舍頂樓取景。

以一身黑衣魔法少女裝備現身的有希，肩上棲著三味線，午休時間在頂樓獨自佇立等待。

畫面上不出數秒，通往頂樓的門被打開了，扮成女服務生模樣的實玖瑠登場。

「妳、妳等很久了嗎？」

「是很久。」

有希誠實回答。事實上，這時候實玖瑠是到女廁換裝，可能因此花了很多時間吧，身為攝影師的我也等了許久。

「那麼——」

在此之前都態度老實的有希吐出了編好的台詞。

「這次，妳我一定要做個了斷。我們沒有時間了。最遲一定要在幾分鐘內結束。」

「我也有同感……可是！一樹一定會選擇我的！呃唔……雖然說出來很不好意思，但是我就是如此確信！」

「很遺憾。我不想尊重他的個人意願。我需要他的力量，所以我非得到他不可。我不惜征服地球，也要得到他。」

那妳大可快快去征服地球，回程再來綁架一樹啊。屆時誰也不敢反抗妳。在實玖瑠獨自對抗的當兒，其他地球人早就少數服從多數，乖乖將一樹交出去了。儘管是戰鬥美少女，想獨排眾議，恐怕也是孤掌難鳴吧。

既然都有征服地球的力量了，還怕區區一個一樹不肯屈服嗎？

「妳休想得逞！我就是為了這個才從未來過來的！」

啊～對對對。我都忘了，實玖瑠是來自未來的女服務生。可是都演到最後了，這個來自未來的設定都沒有被善加利用，編劇到底是在幹嘛？

此時，實玖瑠和有希之間妳來我往的穿透光舞又再度開演。

在「喝呀！」與「看招！」的吆喝聲中，從眼中射出光束、光線、飛彈、微型黑洞的是實玖瑠；維持一貫的無言，揮舞星星棒的是有希。

要拍出電腦動畫無法呈現的風味！——在這樣的命令電波下，龍砲與爆竹毫不吝惜在屋頂上點燃，火花和爆炸聲也毫不顧慮地大鳴大放。雖然那都是從商店街廢棄的玩具店倉庫清出來的庫存，一旦點火還是會火花四射，發出吵死人的爆炸聲。結果幾位老師從樓下氣急敗壞趕上來，將我們痛罵了一頓。

賓玖瑠♡

在學校玩火，被罵得狗血淋頭是必然的。

我的在校表現評量表要是被評上奇怪的負分，請全部扣到導演身上去。就算將朝比奈學姊、長門和古泉被扣的分數全算在那女人頭上，以她的學業成績還是有辦法高分過關。基本上只要那女人閉嘴乖乖坐著，實在是沒什麼好挑剔的。

無視於攝影師內心的ＯＳ，戰鬥持續進行。

這全多虧無畏老師要我們趕快從頂樓撤離的要求，強硬主張若是他們再妨礙本劇組拍攝如此重要的場景，就要以迫害學生在校內自由意志為由，不惜向法院控訴校方暴行的導演。

要真的讓她這麼搞，那真的會很恐怖。

不管怎樣，不准玩火！——老師們不甘心的申斥了幾句，離開了頂樓。頂樓的門邊已擠滿了圍觀的人潮。圍觀的人越來越多，害得實玖瑠越來越瑟縮。

在內憂外患夾攻下，實玖瑠終於被逼到絕境。她所發出的攻擊根本動不了有希一根汗毛，面對蠻不在乎步步進逼的有希，實玖瑠節節敗退，最後被逼到了頂樓的鐵欄杆邊。

「妳安心離開人世吧！我會幫妳刻好墓誌銘。儘管在那個世界行善，為來世積點陰德吧。」

有希將棒子向前一指，對實玖瑠說出道別的話語。

「那麼，後會無期。」

說時遲那時快，那根名為「STAR RING」什麼的魔法棒發出不尋常的光，不值錢的閃光燈閃爍了好幾下。

「哇啊～～」

實玖瑠抱著頭縮成一團。

雖然很難理解那是什麼樣的攻擊，總之呢，就是非常厲害的招式。光看畫面似乎只是激光不斷，但那可是攻擊力道足以將實玖瑠形影不留的分解成原子的恐怖魔法。

拜託妳千萬要撐下去。在這裡不設法製造高潮的話，再來就沒地方可以製造了。

「嗚哇！呀～～」

但實玖瑠只是不斷地悲鳴。

女主角自始自終都一副沒用的花瓶模樣，照理來說應該會讓人覺得煩悶焦躁，但因為她實在可愛，最後還是統統放行。

不過，儘管某人肯放行，再這樣下去，實玖瑠也會被迫退場。在正義被邪惡消滅的主義絕對不會成為決勝的既定前提下，這部電影就會變成像是在嘲諷掌權者必勝的現代社會嘲諷劇，黯然落幕。

「……！」

當然不能就這樣結束。站在正義的一方、倖存到最後的登場人物，絕對不會在故事將近尾聲時突然消失不見。這時候會有看不見的神之手降臨驅逐邪惡，在現實中絕無可能的恰巧時機，救了被逼得走投無路的女主角一命。我家導演在心中描繪的劇本就是那樣。

此時此刻前來拯救實玖瑠的神之手，不用說也知道是古泉一樹。沒錯沒錯，除了他還會有誰呢。在沒有任何伏筆的情況下，根本沒時間讓新角色登場。

千鈞一髮之際，一樹拉起了實玖瑠的人，成功閃躲掉有希的攻擊。有希的魔法光線也十分配合，飛得極慢。

「您沒事吧，朝比奈小姐？」

說完，一樹轉而面對有希伸出手：

「我不許妳傷害她。有希小姐，請妳高抬貴手吧。」

看到雙腿叉開站立在整個人癱掉的實玖瑠面前，矢志保護佳人的一樹，有希作勢沉思了一會，凝視肩上的貓。彷彿在算計既然得不到一樹，要不要乾脆連他和實玖瑠一併殺掉似的。

可是，替她解答的是個意想不到的傢伙。

「這有什麼好想的？妳只需奪走這個少年的意識就得了。我聽說了，妳擁有操控人心的能力，只要先操縱少年，誘導他到安全地帶，自然可以消滅這個與妳為敵的少女啦。」

開口的是三味線，可以想見我有多驚慌了。千交代萬交代叫牠不可以說話，牠還是閉不了嘴巴。今晚牠別想有飼料吃了。

「我明白了。」

冷靜自持的有希，用棒上的星星標記敲了敲三味線的額頭，貓咪旋即閉上了嘴。

然後，有希像是在自言自語似的：

「剛才是腹語術。」

斬釘截鐵地表示完畢後，便舉起了那根名叫STAR什麼碗糕的魔法棒。

「放馬過來吧，古泉一樹。我會讓你成為我的傀儡。」

廉價的一聲SE過後，從星星標記上發射出閃電的光芒。

不用我說，大家也可以猜得到接下來怎麼發展，我就大概描述一下最終決戰的經過好了。

簡單說呢，一樹的潛在力量在這時候完全發威。陷入窮途末路的一樹，自己也沒有意識到的秘密力量被喚醒，毫不保留地解放了潛在的超能力。那一類的超能力大多都無法控制，一樹現在的情形也是如此。恐怕是源自於情緒不穩所釋放的不明就裡的秘密力量，彈回有希的攻擊並以最大限度攻擊黑衣外星人。

「……遺憾。」

「喵～」

留下這兩句對白後，有希和三味線這對神秘搭檔，就被轟往浩瀚宇宙的另一端，發出稍嫌短促的慘叫聲。

將有希和三味線送上路的一樹——

「一切都結束了，朝比奈小姐。」

柔聲對女主角說道。

實玖瑠抬起驚懼不已的小臉，用像是在看什麼發光體的目光看著一樹。

一樹伸手拉實玖瑠站起來，將手放在頂樓的鐵欄杆上仰望天空。在他的牽引下，實玖瑠也注視起遠方的雲，攝影機的鏡頭也轉向蔚藍的晴空。

很明顯可以看出是因為不知如何串接場景時，才將鏡頭帶往天空打混過去。

在秋季依然盛開的櫻花步道上，實玖瑠和一樹兩人相依相偎走在一起。女服務生制服搭學生西裝居然如此登對，實在教人火大。

說也真巧，此時突然颳起一陣強風，將落英繽紛的櫻花花瓣吹成了陣陣漩渦。全片就只有這個是渾然天成的演出。

飄落在實玖瑠秀髮上的櫻色花瓣，被微笑著的一樹取了下來。害羞的實玖瑠眼睛下面泛起了紅潮，緩緩地閉上眼睛。

鏡頭焦點突然從那兩人身上調開，移往蔚藍的秋天晴空，不過怎麼又是拍天空啊。

隨便拷來的片尾曲前奏響起，開始播放工作人員名單。

最後的最後，加入了另外拍攝的天之音口白。於是這部由ＳＯＳ團出品的「朝比奈實玖瑠的冒險Ｅｐｉｓｏｄｅ００」，就在故事徹底迷失下迎向終曲。

像這樣從頭到尾都亂七八糟的電影也是很少見。如果這種東拼西湊的東西也配稱作電影的話，就實在太對不起那些認真拍電影的人了，但是，不知怎麼搞的，這部大爛片還滿叫座的。當初這部電影原本要和電影研究社的作品合映，最後竟然擠掉了影研社的作品，堂而皇之獨佔視聽教室的投影機。聽說是應觀眾多要求，不過其中喊最大聲的就是天之音。朝比奈學姊的支持者眾多也是要素之一。

據說最後可憐的影研社作品只好將就在視聽準備教室，斷斷續續的上映。

因為沒有收取入場費，自然沒有賺到錢。但是成功的口碑讓導演兼製作人意氣風發地開始策劃續篇的製作，而且還重新剪輯了「朝比奈實玖瑠的冒險導演剪輯版」並燒成ＤＶＤ，準備大發利市。現在我和淚眼婆娑的朝比奈學姊正在努力勸她打消念頭中。

目前我只希望，懇切的希望我們團長在明年校慶來臨前，她的興趣能轉移到別的地方。

雖說不管她決定做什麼，前方等著我們的結局都一樣慘。算了，再慘也是以後的事，假如到時候ＳＯＳ團還在的話再說。

……應該會在吧？

下次再問問未來人吧。希望那不是什麼禁止項目——我暗自下定決心。

示愛怪客

一切都從一通擾人的電話開始。

每年這時節都這樣，一下子就落幕的聖誕節氣氛，至今餘韻全無，離一刻刻逼近的年底倒數，春日處心積慮想搞怪的HAPPY NEW YEAR，寒假只剩下一點點緩衝期。

當時，我正專心提早進行在年底前務必結束的自家大掃除，和房間裡的三味線纏鬥中。

「別亂動。乖一點，很快就好了。」

「喵～」

我無視牠的抗議聲明，一把抱起冬天換毛、軟蓬蓬的小小肉食動物夾在腋下。

自從我那件深得牠心的牛仔外套變成慘不忍睹的破布之後，記性普普的我便引以為鑒，定期修剪三味線的爪子。可是三味線的記性似乎也和一般的貓一樣好，當我拿著指甲剪朝牠走過來時，牠就會以極快的速度企圖逃離現場。

抓牠實在是件苦差事。首先我得壓住又抓、又踢、又咬，奮力抵抗的花貓，強迫牠四肢伸直，一根一根把爪子修剪到適當長度，剪完後我的雙手已經遍布齒痕。但是肉體的傷痕終究會癒合，牛仔外套上面的刺繡可是永遠都無法再復元，所以我一點也輕鬆不起來。好懷念牠通情達理得詭異，而且會說人話的多嘴貓時代。當時直率的你到哪去了？

算了，要是牠真的又開口講人話，表示又要大事不妙了。貓咪就要有貓咪樣，喵言喵語才是合情合理。

當我剪短三味線右前腳的爪子，正打算剪左前腳時——

「阿虛！你的電話！」

沒敲門就擅自闖進我房間的，是我老妹。一手拿著無線電話子機的她，看到我和三味線人貓之間賭上尊嚴與威信的抗爭，頓時笑了開來。

「啊，三味。要人家幫你剪爪子嗎？我來幫你。」

三味線像是嫌她多事似的移開了視線，像個人類般從鼻子猛噴氣。我曾經拜託妹妹幫忙剪過一次。當時我們是分工合作，我負責抓住牠的手腳，我妹負責剪。但是這個年僅十一歲的小五生完全不懂得分寸為何物，也缺乏剪指甲的才能，以致於那次剪太深，三味線絕食了好一陣子以示抗議。與她相較我的技術明顯好很多，但是牠照樣每次都亂跑亂抓，是因為貓的腦袋只有貓額頭那麼一丁點大嗎？

「誰打來的？」

我放下指甲剪，拿起話筒。三味線見有機可趁，拚命扭動身體、踢擊我的膝蓋，逃出了房間。

老妹開心的拿起指甲剪。

「呃——男的，我不認識。可是他說是你的朋友！」

說完後就去追三味線，消失在走廊。我瞪視著電話。

那會是誰？既然是男的，就不會是春日或朝比奈學姊了。如果是古泉，我妹也認識。谷口和國木田等其他朋友向來都不打家裡電話而是打我手機。要是無聊的問卷調查或是電話行銷，我才懶得理你們——我邊想邊按下保留鍵。

「喂？」

「喔，阿虛是嗎？是我啦，好久不見。」

粗嘎的聲音才說出第一句，我的眉頭就皺起來了。

這傢伙是誰啊？我實在沒聽過這個聲音。

「是我啦，我～！我們國中同班過，你忘啦？你可知我這半年來直到想起你之前，嘆了多少氣？」

誰啊？講話這麼噁！

「報上名來，你到底是誰？」

「我是中河。一年前我們還同班，不到一年你就把我忘了？還是你有了高中新同學，就忘了國中老同學了？真無情。」

電話裡的聲音聽起來真的很難過。但是——

「才不是。」

我打開記憶的蓋子，瞬間回想起自己的國三史。中河啊～班上的確有這麼一個人。高頭大馬、虎背熊腰的運動型男。記得他好像是橄欖球社的。

可是——我再度瞪視起電話來。

我們只有國三那一年同班，而且交情也不是說挺好。在教室裡，我們不是同一掛的。碰面時也只是簡單打一下招呼，是不是每天都有交談，我敢肯定是沒有。畢業之後，我的腦海裡更是從來沒出現過中河的長相和名字。

我撿起三味線掉落在地板上的趾甲屑，說道：

「中河嗎？原來你是中河啊。那真的是好久好久不見了。嗯？你現在如何啊？記得你好像進男校去了嘛？所以咧？現在幹嘛又打電話找我？難不成你當上了同學會的籌備幹事？」

「幹事一職，讀市立的須藤已經接下了。這個不重要，我當然是有事才會打電話找你。你聽好了，我可是很認真的喔。」

你突然打電話來，就是要講你很認真嗎？莫名其妙就丟下這麼一句話，我再聰明也猜不到你要說什麼。

「阿虛，你要認真聽我說。這件事我只能找你說了。你是我唯一的救命索。」

太誇張了吧。好啦好啦，快講重點。我就聽聽看你打電話給在校時沒交情，離校後沒感情的昔日同窗，是要搞什麼名堂。

「我戀愛了。」

「……」

「我是真心的。我真的很煩惱。這半年來，不管是醒著或睡著，我滿腦子只有這件事。」

「……」

「我的思念已經大到什麼事都做不了。不，不是那樣。我還是設法戰勝了自己，投入課業與社團活動中。拜此所賜，我的成績進步了，進社團才一年就升上了正規軍。」

「……」

「這全是因為我的愛使然。你明白嗎，阿盧？我內心是多麼的煩悶。我翻出國中班級名冊搜尋你家的電話號碼，光打這通電話就讓我躊躇了多久你知道嗎？即使是現在，我的身體還是不斷的在發抖。這是愛，是強大的愛的力量驅使我鼓起勇氣打電話給你。希望你能諒解。」

「可是，中河……」

我舔了舔乾澀的嘴唇。一滴冷汗爬過我的太陽穴。完了，不該接這通電話的。

「……真的很抱歉，你的愛我實在承受不起……我真的只能跟你說抱歉。很遺憾，我實在無法給你什麼承諾。」

所謂的背脊結冰，就是像我現在的感覺吧。我話先說在前頭，我可是超完全正統的異性戀。對那一類的興趣比重，連蜂鳥（註：全世界最小的鳥。身長多在6～12公分之間，體重大約只有20公克）的體重都不到，應該說是怎麼可能會有。不管是潛意識或是無意識，我都是正常性向。喏，你看！沒錯吧！我只要一想起朝比奈學姊的容顏和模樣，就全身發熱。這通電話要是古泉打來的，我早就開扁了。還有，我也不是雙性戀喔。這樣你了了沒？了了吧？

我滿腦浮現出不知在講給誰聽的長篇大論，朝著話筒說：

「所以呢，中河。我們是可以維持友情，但是……」

雖然我們之間原本就沒有什麼可以稱之為友情的東西。

「愛情方面，我就愛莫能助了。抱歉。就是這樣。你要追尋愛情請到你就讀的男校就近去追尋。我要在北高享受正常的生活。很開心隔了這麼久又聽到你的聲音。哪天在同學會上遇到了，我會佯裝不知，以平常心對待你的。我也不會跟任何人說。拜拜……」

「等一下，阿虛！」

中河語氣納悶的說：

「你在說什麼呀。不要誤會。我愛上的人才不是你。你怎麼會想到那邊去啊？真噁心。」

那你剛才說戀愛了是在愛什麼意思？你不是對我說，是對誰說的？

「其實我也不知道她的名字。只知道她是北高的女學生……」

我還沒完全搞懂這傢伙的話，但我已經鬆了一口氣。就像是守在最前線壕溝中的下等兵接獲締結休戰協定的消息時那樣的安心。世上再沒有比受到男性友人告白更恐怖的事了——對我而言。

「你再說清楚一點。你愛上的到底是誰來著？」

沒頭沒尾也要有個限度，我差點就把你列入拒絕往來戶了。

話又說回來，這傢伙才高一就在說愛誰、愛誰，腦筋多少也是有問題吧。愛歸愛，真要說出口還真有點難為情。

「今年春天……大概是五月那時候。」

中河自顧自的說起了往事，而且還用很陶醉的口吻。

「那名女學生和你走在一起。我只要一閉上眼睛，腦中就浮現出她的倩影。啊……她的模樣真是惹人愛憐、絕美無比。不僅如此，我還看到了她背後的光圈。那不是我的錯覺。對，那就像是天國照射到大地的光芒那般聖潔……」

陶醉的語氣聽起來像是施打了什麼迷幻藥物似的發出危險的迴響。

「我完全被震懾住了。那是我過去的人生中從未有過的感覺。就像是電流通過全身一樣……不！應該說就像是被特大號的雷打到似的佇立不動。我好像就那樣站了好幾個小時。說是好像，是因為我當時失去了時間感。當我回過神來，已是晚上了。然後，我就頓悟了。原來這就是愛！」

「等一下。」

來整理一下中村像是天外病菌患者的囈語吧。（註：在此所指的天外病菌原文是科技恐怖小說之父麥克・克萊頓的早期作品《天外病菌》中虛構的外星病菌）由他的口述中可得知，五月份我和某人走在一起，然後中河看到那個某人驚為天人，而那個某人是北高的女學生……這麼一來，候補人選就寥寥無幾了。

今年春天和我一起走在街上的女學生——不是我在臭蓋——是沒有很多。限定是北高女學生的話，我妹就被剔除了，所以對方一定是SOS團女子三人組之一了。

這麼說來……

「那是命運的邂逅。」

中河的語氣越來越陶醉：

「你知道嗎？阿虛。我從來就不信一見鍾情那種怪力亂神的東西。我也當自己是個徹徹底底的唯物主義者。可是愛情總是來得如此突然，它開啟了我蒙蔽的心眼。這世上真的有一見鍾情，真的有啊，阿虛～」

我幹嘛要聽你講那些有沒有的？一見鍾情？我看你是被外在的皮相給蒙蔽了。

「呃唔不……不是的！」

這傢伙還真斬釘截鐵啊。

「我是不會被長相或身材所矇騙的，一個人最重要的是內在。我一眼就看穿了她的內在，一眼就足夠了。那記強烈的撞擊是難以取代的鮮明印象。很遺憾，我無法用言語形容出來。總之，我掉入了愛河。不，是墜入。現在也持續在下墜中……你明白嗎？阿虛？」

就是因為這樣我才不明白。

「算了，先不說這個。」

我決定讓中河那似乎會持續到永遠的瘋言瘋語畫下休止符。

「你被那女的電到或是雷打到是在五月的時候吧？可是現在是冬天了。事情都過半年以上了，那這段期間你都在做什麼？」

「是啊，阿虛。被你那麼一說，我更是悲從中來。這半年對我來說真的是苦不堪言啊。我的精神沒有休息的時候。因為我的情感一直找不到出口。我滿腦子都在思考我和那個女生相不相配。老實告訴你好了，阿虛。我是最近才想起來，那天你人在她身邊。正是因為我想起來了，才會找出名冊打電話給你。她的美是那麼地燦爛奪目，從來沒有一個女生讓我如此瘋狂。」

對一個姓啥名啥都不曉得的女生，才看一眼就如此魂不守舍，而且還魂縈夢牽了大半年，你的草癡度未免太可怕了吧。

朝比奈學姊、春日、長門——我腦海中依序浮現出她們的臉蛋，決定直搗核心。說實在的，我老早就想掛電話了，但是從中河病情不輕的中毒狀況來看，我要是掛斷他這通電話，難保後面不會演變成奪命連環CALL。

「描述一下你迷上的那個女人的外表。」

中河沉默了一會——

「她是短髮。」

彷彿一邊回憶一邊說。

「有戴眼鏡。」

喔。

「北高的水手服簡直就像是為她量身訂作的，穿起來非常好看。」

嗯嗯。

「還有，她全身籠罩在燦爛的靈光中。」

這我就不了了。可是……

「是長門嗎？」

這真的很令人意外。我本以為中河煞到的對象不是春日就是朝比奈學姊，想不到居然是長門。不愧是谷口看上的奇貨。我第一次見到她時，只覺得她是無言又古怪的社團教室古董娃娃，想不到到處都有識貨的人。現在我對長門的印象可是大大不同，在這半年內對她的看法更是改觀不少。

「她姓NAGATO（註：長門的日文拼音）是嗎？」

中河的聲音微妙的興奮了起來。

「漢字怎麼寫？還請告訴我她的全名。」

長門有希。戰艦長門的長門，有機物的有，希望的希。我告訴中河後——

「……好名字。會讓人連想到雄偉形象的長門型，加上有希望含意的有希……長門有希同學……果然如我所想，是澄澈又充滿了未來可能性的姓名。雋永不俗、又不會太詞高和寡。完完全全符合我的想像！」

是怎樣的想像？想必是單憑一眼就構築出的自以為是的妄想吧。口口聲聲說你注重的是內在，試問一見鍾情和內在有什麼關係了？

「我就是知道。」

這次他斬釘截鐵的回答，倒是自信得令人厭惡。

「這不是妄想。我堅信。不管她的外在或個性如何，她都是充滿了知性美的理性個體。我在她身上看到了有如神祇一般的智慧與理性。像她那樣具有highbrow的女性，這次錯過今生難再遇到。」

待會再來翻字典查查highbrow是什麼意思，我腦中的疑問始終無法釐清。

「我就是不明白，你為什麼一看到她，就知道她是高尚的人？你連一句話都沒跟她說到，就只是在遠處看耶？」

「我就是知道，所以才無可救藥地愛上她呀！」

我幹嘛得聽你鬼吼鬼叫啊？

「我萬分感謝神。我對自己過去的不信神感到羞愧。以後我每週都會固定去附近的神社參拜，偶爾也會去教會懺悔。天主教和新教派我都會去。」

亂信比不信更不誠信。又不是有拜就有保庇。選定一尊神祇專心膜拜就好。

「那倒是。」

中河隨意的回答。

「謝謝你，阿虛。多虧有你，才讓我下定決心。今生今世我只需信奉一尊女神即可。那就是長門有希女神。我會把她視為我的女神，獻上永誌不渝的愛——」

「中河。」

戲言再這樣說下去會沒完沒了，我打斷了他的話。泰半是因為那些話聽起來很肉麻，泰半是因為我莫名的焦躁了起來。

「所以你的用意是什麼？你打電話來的原因，我現在曉得了。然後呢？你跟我傾訴對長門的愛意也是沒用啊。」

「我想拜託你幫我傳話。」

中河說：

「希望你能幫我帶話給長門同學。拜託。我能拜託的只有你了。你和她肩並肩一起走，交情應該不錯吧？」

是不錯。我們同是SOS團的團員，現在也仍相親相愛的擔任春日的衛星群。況且這傢伙看到的我和長門的樣貌，是五月份戴眼鏡的水手服長門吧。原來如此，是那個時候。第一屆SOS團不可思議搜查行動，我和長門去圖書館那時候。好懷念，和那時候相比，現在的我對長門的了解至少多百倍以上。多到我甚至都在反省是否知道太多了。

在若干回味氣氛的陪襯下，我詢問中河。

「對了，你說想起了我和長門走在一起——」

說實在的，這問題有點難以啟齒。

「可是，你就只想到我和她交情不錯嗎？你都沒想到，我和長門正在交往之類的？」

「完全沒想到。」

中河絲毫不躊躇。

「你喜歡的應該是更奇怪的女人。像國三時那個……她叫什麼我忘了，你跟那個奇妙的女生沒有繼續交往下去嗎？」

喜歡長門的你沒資格說我吧?我頓時覺得有點不平衡。不過這傢伙顯然搞錯了一件事。對了,國木田也是誤會了,但我和那個女生只是單純的朋友,仔細一想,國中畢業後我們就沒再見面了。每隔一段日子我就會想到她。是不是該寄張賀年卡給她呢……

不知為何,我有種在自掘墳墓的感覺,還是換個話題吧。

「那麼,你要我幫忙轉達什麼?約會的邀請?還是幫你要長門的電話號碼?應該是這個比較好吧?」

「不。」

中河的回答中氣十足。

「現階段的我還算不上是什麼人物,怎能大剌剌出現在長門同學面前。我根本就配不上她。所以……」

大概停了一拍。

「請你轉告她……請她等我。」

「等你什麼?」我說。

「等我去迎娶她。可以嗎?畢竟我現在只是個沒有任何社會經驗的一介高中生。」

是啊,我也跟你一樣。

「那樣是不行的。聽我說,阿虛。我接下來要努力用功。不,其實我已經開始下苦功了,那樣就能憑在校成績上國公立大學。」

擁有遠大的目標是好事。

「我的志願是經濟學系。上大學後我也會勤勉向學，贏得畢業生代表的殊榮。出社會後，我不會去報名高普考，也不去超一流企業上班，而會在中小企業謀得一職。」

這人還真是會紙上談兵，而且畫的大餅跟真的一樣。要是鬼聽到這段對話，恐怕會笑到得腹膜炎。（註：「鬼會嘲笑你」是一個日文慣用語，當對方想法太不切實際時，就可以用這句吐嘈對方。）

「但是，我不會一直甘於當個無產階級。三年……不，只需兩年，我就會習得所有必備知識，獨立創業。」

我不會阻止你，你就放手一搏吧。要是到時候我正好沒頭路，拜託你賞我口飯吃。

「然後，我一手建立的公司上軌道至少要五年……不，我會設法用三年搞定。屆時我會在東證二部（註：東證即為「東京證券交易所」，二部是「第二類股」，主要針對中小企業）掛牌上市，計畫年度盈餘最少要提高十個百分點。而且是淨利。」

我越來越跟不上中河的思維。可是，中河越講越高興。

「到那時，我就可以稍微休息了，因為一切都準備萬全了。」

「什麼準備？」

「迎娶長門同學的準備啊。」

我像是住在深海的雙殼貝之流靜默了下來，中河的話語則像是一波波的巨浪迎面襲來。

「我現在離高中畢業還有兩年，大學畢業還有四年，就職後修業兩年，從創業到股票上市三年，總計十一年。不，就取個整數算十年好了。十年後，我會成為獨當一面的企業家——」

「你是白癡啊。」

相信各位一定可以體諒我的出言不遜。哪個女生會傻傻的等他等十年？更何況那個女生根本沒見過他。突然被一個是誰都不知道的傢伙要求等他十年就好、十年後他一定來迎娶妳；會癡癡等下去的肯定不是地球人。很不湊巧的，長門正好就不是地球人。

我微微咋舌。

「我是真心的。」

糟糕的是，他的聲音聽起來也的確很真心。

「要我用性命作擔保也可以。我是認真的。」

聲音若是有利度，他這時的聲音實在很像是電線到處斷線的聲音。

要怎麼做，才能搪塞過去？

「啊——中河。」

長門默默看書的苗條身影在我的腦海中浮現。

「這是我的個人意見，不過呢，長門其實有許多隱性的愛慕者。而且多到她疲於應付。我認為你看女人的眼光值得讚賞，但是，長門會保持自由身，並等你十年的機率幾近於零。」

以上全是我胡謅的。我怎麼可能知道十年後會發生什麼事啊。我連我自己將來的出路都搞不定了。

「況且這麼重要的話，你一定要親自對長門說。雖然不大情願，不過我還是會幫你牽線。正好現在放寒假，叫那傢伙空出一小時跟你見個面應該是沒什麼問題。」

「不行的。」

中河突然變得很小聲。

「現在的我不行見她。我一見到長門同學的臉，一定會馬上昏倒。其實，我最近也有遠遠的看到她。那次，很偶然在車站附近的超市……雖然是在傍晚，但我一眼就認出她的背影，我整個人呆掉了，就在店裡呆站到店打烊。要是直接碰面的話……後果一定不堪設想！」

完了，中河的腦袋完全被桃色病菌入侵了。連未來十年的藍圖都規畫好了，可見他病得有多重。有辦法治的話倒還好，怕就怕只剩下在外星人發飆那天說聲抱歉、直接閃人的機會了。

況且，他還是為了這種蠢事，打電話給談不上有交情的我，鬼哭神嚎的白癡。更恐怖的是我無法預測他接下來會說出什麼話。那麼難搞的人光春日一個就夠我受了，長門又給我惹來了這麼一個麻煩人物。

唉唉唉。我故意嘆氣給中河聽。

「基本上我了解了。你想要我轉告長門的話，再跟我說一次吧。」

「謝謝你，阿虛。」

中河似乎相當感動。

「我們的婚禮一定會邀請你。到時也麻煩你致詞了，而且是首位致詞的來賓。我這輩子都不會忘記你的。假如你有意思跟著我打天下，我一定會在自己將來開的公司預留一個相應的職位恭迎你上任。」

「不用了，快說！」

我一邊聽著性急也有限度的中河的聲音，一邊將聽筒夾在肩上，開始翻找空白的活頁紙。

隔天中午過後，我默默爬上前往北高的坡道。隨著海拔高度節節上昇，我呵出的白色氣息也越加明顯。至於寒假期間我為何要去學校？這是因為SOS團定期召開了全體大會。

同時今天也是社團教室大掃除的日子。雖說朝比奈女侍平日都有在清掃，不過，「熵會增大」的格言果然還是應驗了，（註：1854年，德國科學家Clausius率先採用「熵（Entropy）」的概念表示雜亂程度的一個量。這個量在可逆過程不會變化，在不可逆過程會變大。譬如懶惰蟲的房間，若沒有人幫忙收拾打掃，房間只會雜亂下去，絕對不會自己變整齊）各式各樣的雜物陸續被搬進社團教室，井井有條的空間凌亂失序，而亂源的元凶不是別人，正是看上什麼就非得到手不可的春日、還有接連將一項項新遊戲帶進來的古泉、啃厚重書本的速度猶如飛箭般迅速的長門、日復一日朝最完美茶水小姐邁進的朝比奈學姊——也就是除了我以外的所有團員們。若是置之不理的話可會亂成一團。該是提議將個人物品帶回各人家裡的時候了。最低限度只能保留朝比奈學姊的COSPLAY服裝。

「啊～煩死了。」

我的步伐輕鬆不起來，自然是因為學生西服的口袋裡多了張紙條。

那是我把中河對長門傾訴的愛語一字不漏照抄下來的口述筆記。內容蠢到極點，好幾次我都想把自動鉛筆丟出去！能將這種丟臉到家的對白大言不慚說出來的人，除了經驗老道的婚姻騙子之外沒別人了。什麼請等我十年。又不是在搞笑！

面向山風走著走著，看到了熟悉的校舍。

我到達社團大樓的時間，比春日規定的集合時間早了一小時。

我並不是害怕那條最後到的人要請大家客的SOS團團規。那條團規只適用校外集合時。

昨天在電話裡，中河最後還交代說：

「不能只是將抄下的文章交給她喔。那麼一來你就只是代筆。何況她會不會看還是個未知數。請你務必要當她的面唸給她聽，用和我剛才同樣熱切的語氣……！」

真是無理到家的要求。我沒有理由也不會單純到任由那蠢蛋擺佈，但是被人家那樣懇切的請求，加上我又信奉人性本善，於情於理都不可能置他不顧。因此，我極需一個除了長門之外誰都不在場的狀況。提早一小時去的話，其他團員應該都還沒到。除了那個我熟悉的、當我需要她時她永遠都在、而且屢試不爽的外星人製人工智慧機器人長門有希。

在形式上的敲門後，確認過沉默式的應門，我打開了門。

「嗨！」

語氣會不會輕快得太不自然？我在內心叮囑自己重來，再說一遍：

「嗨，長門。我就知道妳會在。」

在充滿冬天靜謐空氣的社團教室中，長門宛若一具感覺不到體溫的等身大公仔，悄悄地坐在位子上，攤開一本書名好像是某某病名的精裝本在閱讀。

「……」

無表情的撲克臉面向我，一隻手像是要摸太陽穴似的抬了起來，很快的又放下去。

那個動作看起來很像是要推推眼鏡，可是長門現在是裸眼。說她不戴眼鏡比較好的人是我，持續實行下去的人是她。那她剛才那個動作是怎樣？半年前左右的習慣又復活了嗎？

「其他人還沒到嗎？」

「還沒。」

長門簡潔的回答，視線再度落在兩欄式、字多到密密麻麻很少斷行的那一頁。她是那種空白一多就覺得虧大了的類型嗎？

我動作僵直地走近窗戶，目光飄向可從社團大樓望見的中庭。也是因為放假的關係，校舍幾乎都沒人。操場上不怕冷的運動社團的社員充滿元氣的吆喝聲，透過很難開關的窗戶玻璃傳過來。

我站著看向長門。那是一如以往的長門。膚色依舊白皙，表情仍然撲克。

仔細一想，眼鏡娘的位置也空很久了。搞不好再過不久，春日就會拐個新的眼鏡少女回來進行人事大洗牌。

我一邊想著那種沒營養的事情，一邊從口袋取出摺得好好的活頁紙。

「長門，我有些話想對妳說。」

「什麼話？」

長門動了動指尖翻頁，我深深吸了一口氣。

「有個不知猴兼軟腳蝦迷上了妳，我決定好人做到底，幫他示愛，怎麼樣？願意聽一下嗎？」

按照我的計劃，假如長門當場跟我說「不」，我就馬上撕破活頁紙。但是長門只是一語不發看著我。原本如寒冰一樣森冷的眼眸，此時看著我的目光卻溫暖得像是融化了的雪水一般，是因為我開場白設計得好嗎？

「……」

長門雙唇緊閉，凝視著我。目光活像是外科醫生在觀察實驗對象的患部一樣。

「是嗎？」

她囁嚅著說出那兩個字，眼睛眨也沒眨地直盯著我瞧。我見她似乎在等我說下去，只好攤開那張寫滿中河愛的告白的紙，開始朗誦。

「拜請長門有希女神，信徒實在是寢食難安，只得以這種形式表達思慕，還請女神寬恕我的無禮。其實，打從信徒我頭一次看到女神那一天起——」

長門一直看著我，默默地聆聽。但是覺得越來越困窘的人是我。在吐出中河幾乎令人暈眩的示愛語句時，整件事的愚蠢水平也到達了高標。我這是在幹嘛？我瘋啦？

中河的生涯規劃終於駛向終點站，結局是他們在郊區蓋了一棟透天厝，有兩個孩子及一頭西高地白㹴過著優雅又有閒的生活。當我讀著這篇未來日記時，長門始終只是默默瞪著我。頓時萌生出自己做了天大蠢事的感覺。

真的是沒事找事做！

我停止了照紙宣科。再繼續唸這些瘋言瘋語下去，連我都會瘋掉。看來我和中河永遠也不可能成為麻吉了。想得出這種腦袋爆漿的台詞的人，基本上我就不可能與他為伍。國中時代我們只有點頭之交，果然是有其道理的。一見鍾情之後，蟄伏了半年以上，突然又冒出來拜託我當傳聲筒，還是代為傳達幾近瘋狂的愛的告白。嗯，這人真的無藥可救了。

「算了，總之就是這麼一回事。妳大致都了解了吧？」

對此，長門只是說：

「我了解了。」

點了點頭。

真的假的？

我看著長門，長門也看著我。

時間靜謐得猶如沉默的詞彙長出了翅膀，在我們之間飛來飛去……

「……………」

長門脖子的角度微微傾斜，可是除此之外她沒有再進一步的動作，只是一味盯著我看而已。呃——現在是怎樣？接下來該我說話了是不是？

當我正拚命搜尋詞彙時……

「你傳給我的訊息，我確實收到了。」

她的視線依然沒有移開。

「可是，我無法回應他的請求。」

以一貫的淡然語調說道：

「我不能保證，我的自律行動在接下來十年間能保持連續性。」

說完後，雙唇再度閉上。表情沒有改變，視線也沒有從我身上移開。

「不不……」

先認輸的人是我。我假裝搖搖頭，藉以甩開她那雙像是要把我吸進去的漆黑眼眸。

「說得也是，想想也覺得十年實在太長了……」

雖說問題不在於待機時間，但我還是鬆了一口氣。至於這份安心感是從何而來，簡單說，我就是不想看到長門和中河或其他王八綠豆感情融洽的走在一起。我不否認在春日消失事件中，那個長門的形象還殘存在我的腦海中。中河的條件不是很差，甚至可歸類成好男人那一型，但是，我就是對當時輕扯我衣袖的那個長門不安的表情難以忘懷。

「抱歉，長門。」

我將活頁紙胡亂捏成一團。

「這件事說來是我的錯，我不該把這種東西一字不漏的抄下來，也應該在電話中就拒絕中河。請把這件事徹底忘得一乾二淨。我會跟這個蠢蛋好好講清楚。不過請妳放心，他不是會成為跟蹤狂的那種人。」

不過，要是朝比奈學姊交到男友了，我可能就會日夜跟蹤她男友……

嗯？原來如此，原來是這樣啊。

我明白自己心中這股不舒服的感覺是什麼了。

朝比奈學姊也好，長門也好；只要有別的男人介入我們中間，我就會很不爽，就是不喜歡！理由就是這麼簡單。所以我才會感到安心。我還真是淺顯易懂的人啊。

春日呢？啊，是那女人的話，我就不擔心了。敢追春日的男生，春日通常看不上眼。除非天崩地裂，讓那女人真交到了男友，那她就不會忙著找尋外星人和未來人，對地球來說是件喜事；工作量減少，想必古泉也樂得輕鬆吧。

然後，我飽受牽連的人生，匪夷所思的部分一定也會大幅刪減。或許那一天真的會來臨，但我很肯定不是現在。

我打開社團教室的窗戶。冷冽到能將手指頭劃傷的冬日寒氣飄進了因兩人份體溫而暖和起來的社團教室。我用力甩著手臂，將揉成一團的紙往遠方扔去。

飄飄然馭風飛行的紙球，以陡峭的拋射角度，無聲無息的落在連結校舍和社團大樓的迴廊旁邊的廣大草坪上。我預料不久它就會被風吹呀吹，掉進建築物旁邊的排水溝裡，和枯葉一起腐朽，歸化大地——

沒想到失算了！

「糟了！」

有個穿過迴廊向這裡走來的人影，改變了行進方向、走到草坪。那女人朝我的方向白了一眼，活像是有人亂丟菸蒂似的，快步撿起我剛丟下去的紙球。

「喂！不要撿！也別看！」

不顧我有等於無的抗議，沒人拜託她撿垃圾的那女人，攤開皺巴巴的活頁紙開始默讀。

「…………」

長門繼續沉默的看著我。

在此插播一下思考時間。

Q.1 那張紙上寫了什麼？

A.1 對長門愛的告白。

Q.2 上面的字是誰的筆跡？

A.2 我的。

Q. 3　不明白來龍去脈的第三者看了之後會怎麼想？

A. 3　很可能會誤會。

Q. 4　那麼，春日看了後會作何感想？

A. 4　我連想都不敢想。

就這樣，春日將那張活頁紙端詳了好幾分鐘，最後抬起臉來對我投以強烈的視線，露出不懷好意的邪惡笑容，不知道在打什麼主意。

……沒錯，今天肯定是諸事不宜！

十秒後，她就以驚人的氣勢與速度衝進社團教室，揪住我的領口提起來：

「你到底在想什麼？你是白癡啊！我現在就把你從那邊的窗戶丟下去，讓你迅速恢復神智！」

她面帶笑容的大喊。不過呢，笑得有點僵硬就是了。她將我拖到窗口的力道要是換算成熱能，足夠供應今天開一整天暖氣了。那股力道就連我急著找說詞來解釋時也不曾稍見緩和。

「不，事情是這樣的！我有個國中同學姓中河……」

「什麼？你竟想推到他人身上！這是你寫的沒錯吧！」

咄咄逼人的春日又將我拉回去，在大約十公分的近距離內，用銅鈴大眼直瞪著我。

「妳先放開我，妳這樣我沒辦法好好說話。」

就在我和春日拉拉扯扯的當兒，非常不湊巧的，第四位人影登場。

「哇！」

朝比奈學姊的眼睛睜得像盤子那樣大，站在門縫旁。她高雅的掩著小嘴說：

「……請問……你們現在在忙嗎？那麼，我是不是待會再過來比較好……？」

我們是在忙沒錯，但不是忙什麼正事，況且和春日扭打根本毫無樂趣可言，假如是和朝比奈學姊的話就另當別論——所以，請進來沒關係。從過去到未來，我都沒有拒絕朝比奈學姊進來的權限，也沒那個打算。

再說，長門都若無其事的坐在教室裡了，沒道理朝比奈學姊不能大大方方進來。假如能順便幫我解危的話，那更是再好不過。

我一邊和春日格鬥，一邊對著朝比奈學姊微笑時——

「哎呀呀。」

最後一個抵達的團員，從朝比奈學姊的身旁探出頭。

「我是不是太早到了？」

那傢伙露出明朗愉快的笑容，撥了撥瀏海。

「朝比奈學姊，看樣子我們來得不是時候，不妨先迴避一下，待那兩人清官也難斷的家務事告一段落後再來造訪吧。我請學姊喝自動販賣機的咖啡。」

慢著，古泉。你要是把我們的扭打看成夫妻吵架的話，最該去的地方是眼科。還有，別想趁亂把朝比奈學姊拐走。朝比奈學姊，這件事真的沒什麼大不了，妳無須提心吊膽的直點頭。

現在的情形是春日使出蠻力絞緊我的襯衫，我反握住春日的手腕。再這樣僵持下去包準我筋骨痠痛，我忍不住喊救兵。

「喂！古泉！你要去哪裡？快來救我！」

「嗯，我該站在哪一邊好呢……」

古泉故意裝傻，朝比奈學姊則像隻受驚的小兔子僵直不動，眼睛眨呀眨的。連古泉不經意將手放在她腰上以護花使者自居都沒有察覺。

至於長門，她在做什麼？我看了一下，長門就是長門，一副事不關己的樣子，繼續看書去了。拜託，我也是為了妳才會落到這步田地耶，為我說句公道話不為過吧。

然後，春日將我勒得更緊了。

「我真是瞎了狗眼，才會拉連這麼蠢的情書都寫得出來的笨蛋入團，氣死我了！你現在就給我引咎辭職！我心情糟透了，簡直像是赤腳踩進了裡面有蟑螂窩的鞋子裡那麼糟！」

即使滿嘴忿恨，春日臉上還是勉強做出了難以理解的笑容。活像是她不知道目前這種情況該做什麼表情似的。

「來到這裡之前，我就想好了十三種懲罰遊戲！首先，你得咬著竹筴魚乾跳到牆上，和附近的野貓搶地盤！而且要戴上貓耳朵！」

如果是朝比奈學姊穿著女侍服那樣做，一定是幅好風景；換成我去做的話，大家就會見到早已成為都會傳奇的特殊救護車了。

「現成的配件裡沒有貓耳。」

我臉朝向大開的窗戶看了看，嘆了一口氣。

抱歉了中河。要是不把你供出來，我就會變成繼紙團之後被丟出窗外的物體。如果可以，我也不想洩你的底，但要是讓這位春日繼續誤解下去，恐怕連大自然的心情都會一起變糟。

我偷瞄了一下女王團長吊得老高的眼睛，以像是安撫拒絕修剪爪子的三味線的語氣說：

「聽我說。不然……妳先把手放開，春日。我一定會解釋到妳的雞冠頭融會貫通為止……」

十分鐘後。

「哦～」

春日盤腿坐上鋼管椅，一口接一口品嚐熱騰騰的綠茶。

「你的朋友也真怪。雖說一見鍾情是他的自由，但是癡情到那種地步也實在太扯了。活像個白癡。」

戀愛不只會使人盲目，還會得腦疾是吧。算了，她最後一句感言，我也沒有異議。

春日抓起皺巴巴的活頁紙揮了揮。

「我本來以為這是你和笨蛋谷口聯手要來戲弄有希的。那笨蛋很有可能會做這種事，有希又是言聽計從的個性，一定會受騙。」

我認為找遍全銀河，恐怕找不出第二個比長門更難欺騙的個體。但我沒有插嘴，只是乖乖的聆聽。可能是感受到我的自制，春日惡狠狠地瞪了我一眼，表情突然放鬆下來。

「算了，諒你也不敢做那種事。你沒有那種智慧、也不可能機靈到去耍那種小手段。」

聽不出她這話是在稱讚我，還是在嘲諷我。但是最起碼，我不會去做那種像是不夠理智的小學生做的事。而谷口再不才，也不致於那麼幼稚。

「可是……」

引發導火線的是SOS團最引以為豪的嬌小妖精兼天使。

「我覺得好浪漫喔。」

朝比奈學姊一臉陶醉。

「假如有人對我如此癡狂，我或許會很開心……十年啊。我會想見見那個願意等我十年的人。感覺好羅曼蒂克……」

手指交叉，濕潤的美目閃爍不已。

我不確定朝比奈學姊所說的羅曼蒂克，和我所知的羅曼蒂克是不是同一個意思，但我覺得那一定是不同的解釋。可能未來詞彙的涵義改變了。畢竟學姊是不跟她解釋說船是靠浮力浮起來，就不明白船是怎麼浮起來的人吶。

對了，朝比奈學姊今天穿得很普通，是水手服裝扮。因為女侍服、護士服等服裝全都打包送到洗衣店去了，雨蛙布偶裝也是。當我和春日抱著一大疊染有朝比奈學姊體香的角色扮演服裝到洗衣店裡時，乾洗店的大叔沒事找事做，一直交互盯著我和春日看，讓我有點小受傷。

「中河本人和羅曼蒂克幾乎可說是絕緣體。」

我一口氣喝光茶杯裡剩下的冷茶。

「就算投錯胎，他也是注定成不了少女漫畫男主角的打拼型動物。動物占卜的結果是熊。就是胸前有新月記號的那種。」（註：此指日本的「月輪熊」，胸前有看似V字的新月形白毛。）

說著說著，我就想出了和他國中時代形象十分吻合的文宣。

「是嗎？聽起來像是個溫柔的大力士呢。」

雖然沒有共通點，形象倒是差不多。反正他就只有身材發育得好。但我的意思和朝比奈學姊的不太一樣。

把人家說成這樣，真該跟他賠個不是，但是我還來不及將中河口述、我手書的情書毀屍滅跡——再次說聲抱歉，但我當時真的已失去了那種氣力——春日已經語帶感情地宣讀給大家聽。古泉聽了之後，和朝比奈學姊亦有完全不同的感受。

「真是一篇曠世奇文。」

做作的笑容依然不變。

「具體的描述予人好感。雖然有點偏於理想論，但是正視現實的誠懇讓人很有好感。雖然作者因為一時突發性的熱忱喪失了自我，但從字裡行間可以讀出他澎湃的情感，以及勃勃的野心。假如這位中河同學真能照他所說的努力不懈，將來絕對不是池中物。」

做出有如小牌精神科醫生的分析。別人的人生就可以這樣妄加斷言嗎？批評不用負責任的話，那我也會。你是騙死人不償命的算命仙嗎？

「可是——」

古泉又丟給我一個微笑。

「要用這種文體告白，也需要相當的勇氣。負責抄寫的你也真是位不可多得的好人。換作是我，手指早就不聽使喚了。」

你這是什麼意思？是在拐彎抹角的罵我嗎？我和你不同，我是很重視朋友的人。即使明知是白做工，我還是會勉為其難扮一下愛神丘比特。

我聳聳肩，將那件事告知古泉作為回答：

「長門早在你來之前就答覆我了。」

我代替以同等比例凝視著春日和古泉的長門回答。

「她說十年太長了。那是一定的，我也是這麼想。」

此時，在這之前沉默到家的長門開口了：

「借我看。」

她伸出了細長的手指。

這一幕讓我相當意外。春日似乎也是。

「妳還是會好奇吧。」

春日像是看透了唯一的文藝社員參差不齊的瀏海底下的表情。

「這封情書雖然是阿虛代筆，不過妳可以帶回去做紀念。畢竟這年頭像這樣不知該說是拐彎抹角，抑或是直率的告白十分少見。」

「請。」

古泉將春日遞過去的皺巴巴活頁紙，轉交給長門。

「……………」

長門眼皮垂得低低的，閱讀我的字。有好幾次眼睛都定在同一處上下掃射。像是在咀嚼那段文字的含意似的。

「我無法等待。」

嗯嗯，那是當然。

可是，長門又接著——

「不過我可以見他。」

說出了讓任何人都啞口無言的話語。而且又多加了一句幾乎要讓我的下巴掉下來的話：

「我很好奇。」

說完後，她以一貫的眼神一直看著我。

那是我熟知的眼神——像是毫無變化的手工製玻璃工藝品般，神智清楚的眼眸。

大掃除最後以稱不上大掃除的普通清掃作結。我提議將書架上的書籍處理掉時，長門沒說YES也沒說NO，只是一直默默看著我，眼底蘊藏了難以言喻的悲哀，讓我也無法再堅持下去，古泉的遊戲收藏品中最後搬到垃圾桶內的，就只有玩過一次，而且還是雜誌附贈的紙製雙陸棋。

朝比奈學姊的私人物品原本就只有茶葉，春日則是對自己帶來寄放的所有物品以一句「不准丟！」嚴詞拒絕。

「你給我聽好了，阿虛。東西都還沒用就丟掉這種暴殄天物的惡行，打死我也不會做。可以再利用的東西就要用到底，只要不是品質惡劣到不敷使用的程度，我是不會丟掉的。那才是環保的精神。」

將來，這間社團教室說不定會因為這女人而變成垃圾屋。假如妳真為環保著想，就不該插手除了生存以外的任何事物——我心想。

春日自己綁上三角巾，發給長門和朝比奈學姊撢子和掃帚，遞給我和古泉鐵水桶和抹布，命令我們去擦窗戶。

「這是今年內最後一次來這裡。務必要打掃得到處都亮晶晶才能回家。這樣才能確保我們過完年來這裡的晶亮好心情。」

我和古泉領旨之後，就開始擦玻璃。不時看著那北高少女三人組不知是在清理教室，還是在散布灰塵，我的拍檔小小聲對我說：

「你聽聽就好，別說出去。除了『機關』之外，想接近長門同學的組織有好幾個。因為她現在是與涼宮同學以及你同等重要的人物。在其他的資訊統合思念體中，長門同學更是獨一無二的存在。尤其到了最近變得更為明顯。」

我坐在窗框，將溫暖的鼻息吹拂到濕手上以對抗輕易就奪去體溫的寒風，無言地用濕抹布在玻璃上游移。

你在講什麼啊——

裝傻其實很簡單。我最近才和長門以及朝比奈學姊一同遭遇了和這裡的春日與古泉沒什麼關連的事件，是那個結果導致了今日的我，當然不可能坐視不管。

「我會設法的。」

我表面上語帶輕鬆的回答。

這次的紛爭是因我而起。我自行解決即可。

古泉一面擦拭內側的玻璃窗，一面低笑道。

「是啊，這次就完全交給你了。光是歲末年初成行的ＳＯＳ團雪山旅行準備工作就夠我忙了。而且你還能藉由和涼宮同學打鬧來消除壓力。很不巧我沒有那樣的對象。」

那誰是湯姆貓？

然而，古泉那漂亮的嘴角卻扭曲了。

「你不認為我也差不多該脫下人畜無害的假面具，改變不知何時已定型了的既定形象嗎？用畢恭畢敬的口氣和同學交談實在很累人。」

做得那麼累，不會不要做啊。我對你的對白內容一點也不想插嘴。

「那也不成。我現在的形象正符合涼宮同學期望的人物設定，我可是對她的精神層面瞭若指掌的專家。」

古泉誇張的大嘆一口氣。

「單就這點，我很羨慕朝比奈學姊。因為她完全不用偽裝，只要做自己就好了。」

你以前不是說過朝比奈學姊的樣子可能都是裝出來的嗎？

「哎呀，你相信我說的話嗎？若是能贏得你的信賴，我的辛苦可說是有代價了。」

還是一樣虛情假意。一年都快過去了，不實在的說話方式還是一樣沒變。連長門的內心都多少起了變化，你還是一樣虛偽。朝比奈學姊不用變，保持原樣最好。因為我遇見過另一位朝比奈小姐，我早知道她在肉體上和精神上的成長是既定事項。

「假如我有任何形於外的改變——」

古泉加快了擦拭動作。

「那不會是什麼好徵兆。維持現狀是我的本分。相信你也不想見到我嚴肅起來的一面。」

是啊，我當然不想見到。你無時無刻不在傻笑，像牛皮糖一樣緊緊跟著春日，幫她收爛攤子或是幫她鋪好路最適合你。這次的雪山山莊短劇，也倍受期待。這樣就夠了吧？

「再沒有比這更好的讚美詞了。那我就不客氣照單全收嘍。」

不知道他是說真的還是說假的，總之古泉說了那樣的話，在玻璃窗上呵出白色氣息。

當晚——

我看著在床上蜷成一團的三味線的睡臉，沉浸在溫柔的氣氛中。仔細想想這份溫柔所為何來，順便深入考察戀愛情感和好色之心的差異點在哪，當神諭在我腦中閃現：就是這個！的時候……

「阿虛！電話——昨天那個人打來的——」

老妹又拿著電話子機，打開我房間的門。

將奏著輕音樂旋律的聽筒交給我後，老妹就直接坐進床邊，拉扯三味線的貓鬚。

「三味、三味～三味毛茸茸，媽媽碎碎唸～♪」

我看著半睜著眼睛斜睨著老妹、看似無動於衷的三味線，以及開心哼著歌繼續拉扯的妹妹，將電話拿到耳邊。這之前，我是在想什麼來著？

「喂～」

「是我。」

國中時代的同學——中河，壓抑不住內心的話，劈頭就問：

「怎麼樣？長門女神如何回答？快告訴我。不管內容如何，我都做好心理準備了。快說吧，阿虛……！」

口氣聽起來，就像是在當選邊緣掙扎的眾議員候選人聽取新聞快報時，那般的焦慮不安。

「很遺憾，結果不是盡如人意。」

我一邊向老妹擺擺手要她出去，一邊裝出抱憾的聲音。

「她說她不會等你。她無法想像，也不能保證十年後的未來——這就是她的回答。」

我的舌頭滑順地傳遞事實。「不過，我可以見他」……我思索著中河對長門這段問題發言會有什麼樣的回應時——

「是嗎？」

中河的聲音意外的平靜。

「我想也是。不會那麼輕易答應才對。」

我繼續用手趕人，哼著無厘頭歌詞的老妹只好強行抱起呻吟的三味線，離開我房間。她大概打算抱牠回自己房間一起睡。大概再過一小時，三味線就會畏畏縮縮的跑回我房間避難。不喜歡人類照顧過頭是一般貓咪的特性。

老妹離開後，我抓起電話興師問罪。

「喂！在我幫你唸了那麼難為情的文章後，你要說的話就只有這些？」

既然早知道會失敗，當初就不該叫我傳話！

「任何事都有個順序。」

你這跳過熱身運動就開口求婚的傢伙沒資格對我曉以大義。你根本就無視將棋規則，哪有人第一步棋就派出大將將對方一軍的。

「我知道，被一個完全陌生的人告白是很困擾的。」

既然知道當初就不要說。明知有地雷還一腳踩進來的人，不是防爆處理小組就是喜歡找刺激的人。

「可是這麼一來，長門女神多少會對我產生興趣。」

這多少可以說是中河計劃性的犯罪。會讓長門感到「好奇」的人，中河的確是第一人。可見中河的訊息多有殺傷力。起碼丟臉度我敢保證是現階段全球第一名。

「所以，阿虛，我想再拜託你一件事。」

又有什麼事？我的志工精神快因為各種磨難見底了。

「你知道我在高中參加的是美式足球社嗎？」

我頭一次聽說。

「是嗎？其實就是這件事。除此以外我沒別的請求了，這次我們將和其他男校的美式足球社舉行對抗賽。屆時請你務必帶長門女神前來觀賽。當然，我是擔任先發。」

「什麼時候？」

「明天。」

所以我不是說了嗎？像春日那麼難搞的生物一個就夠了。為什麼他們的行程總是定得那麼緊湊呢？

「長門女神不肯等我十年也沒辦法，既然如此，只有我英勇的表現能感動佳人芳心了。」

好武斷的想法。你至少也該為我想想吧。就算不為我想，也該想想歲末年初大家有多麼忙碌。

「你是不是不方便？」

我是沒有不方便。明天正好是行程空空如也的一天。長門大概也是。所以，是沒什麼不方便。再這樣下去，我真的得被迫跑去見識你的英姿了。

「那很好啊，來吧。雖說是友誼賽，那可是憑真本事決勝負。明天的比賽是我們學校和鄰鎮的男校美式足球社的年度對抗賽。輸贏的結果會對我們過年的心情造成影響。要是輸了，等著我們的就是地獄般的寒假。除夕和新年都沒得休息，每天除了練習還是練習。」

中河的聲音很嚴肅，甚至有點悲壯，但是對我而言那是他家的事。我歲末年初不得不處理的麻煩事還堆積如山。離雪山山莊行也剩沒幾天了。

「阿虛，你有事也沒關係，只要將長門女神帶來就好。我只求你這件事。假如她不願意，我就會死心。但是就算只有千分之一的可能，我還是想賭賭看。畢竟不去實行的話，夢想永遠都只是夢想。」

是啊是啊，你就只會講大話。偏偏我的弱點就是狠不下心來講狠話。

「好吧。」

我躺在床上嘆了一口沒吐出來的氣。

「我待會就打電話問長門。」

我有預感，長門一定不會說ＮＯ。

「你們的高中在哪裡？假如長門說ＯＫ的話，我就帶她過去。」

或許還會帶別人去——多帶幾個應該沒問題吧？

「謝謝你，阿虛。你這份恩情我會記著的。」

中河喜孜孜的跟我說他們高中怎麼走，還有比賽開始的時間。

「你真是月下老人！等我們舉行婚禮時，我一定請你當司儀！不，我頭一個小孩的名字讓你取——」

「再見。」

冷淡的道別後，我就掛了電話。再繼續聽中河講話，我的腦袋恐怕就會鑽出細細長長的蟲了。

我將家用電話的子機放在床上，拿起自己的手機，找出登錄在其中的長門家電話號碼。

於是，隔天很爽快的來到。

「真慢！邀約的人竟然最後才到，你到底想不想去啊！」

春日面帶笑容的用食指指著我。地點是在再熟悉也不過的車站前面、SOS團的御用集合地點。其他三人——長門、古泉、朝比奈學姊也都在等我了。

本來呢，我只要帶寡言的有機人工智慧機器人去就可以了，但我也說了，我們是不可能兩人單獨去觀賽的。鴨蛋再密也有縫，要是被團長知道了，不知道她又會想出什麼怪怪的懲罰遊戲，光想我就發毛。要死就大家一起死——所以，我問過長門之後，又打電話給其他三人。至於大家都可以成行，不知是剛好年底難得有一天清閒，還是大家都對那個對長門一見鍾情的男生出奇的有興趣就不得而知了。

時節正值嚴冬，大家都穿得厚厚的來集合。值得一書的是朝比奈學姊的打扮。穿著一襲白色人造毛皮大衣的學姊，不知該說是毛絨絨或是圓蓬蓬，可愛得活像是從雪山蹦出來的天真無邪小白兔。真要一見鍾情，對象也應該是學姊才對。

長門則是在制服外罩了件樸素的連帽粗呢外套，並戴上帽子。不愧是外星土偶，竟然如此耐得住地球的嚴寒。

「……………」

雖說是去看向自己告白的對象，她仍然一如往常面無表情。

「好了，快走吧。我可是很好奇對方的廬山真面目，而且這也是我第一次看美式足球賽。」

心情好得像是要去野餐的人不只有春日，朝比奈學姊也是笑咪咪的，古泉則是一臉奸笑，而我是無精打采，當事人長門則是面無表情。

「我事先調查過公車路線圖。從這裡坐車到那所男校大概要花上三十分鐘車程。我們可以在這邊搭車。」

古泉以旅行社導遊的語氣為我們帶路，我的話也越來越少。

你高興就好。不管是這小子、春日或者是朝比奈學姊都好。

古泉走著走著，極其自然的接近我並別有深意的跟我咬耳朵⋯

「說真的，你奇人異士的朋友還真多。」

我等他下一句，古泉卻只丟給我一個微笑，又回去當嚮導。

中河是奇人異士？搞不好喔。才看長門一眼就像是被遠處的雷打到，肯定是比一般人還要奇特，才會擁有如此特殊的感應能力。

走到公車總站的這段期間，我一直有點悵然若失。

不知怎麼的，就是開心不起來。

搭乘民營公車晃了半個小時，下車後步行幾分鐘就到了那所男校。比賽早就開始了。

因為我睡過頭，害大家錯過兩班公車，抵達時離中河說的比賽開始時間已過了十五分鐘。

由於似乎無法進入校舍，我們便沿著校地走，不一會兒就看到用鐵絲網圍起來的操場，美式足球友誼賽已經開打。

「嘩～好大的運動場。」

我對朝比奈學姊的讚嘆亦深表贊同。和硬將山地剷成平地蓋成校舍的北高不同，這所建於平地而且似乎花了大把錢的私立男校操場面積超廣闊的。此外我們站立的地方比操場高一層樓左右，可說是觀戰的絕佳地點。除了我們五人以外，還有路過的大叔，以及一個個巴在鐵絲網上成了肉餅臉、疑似球迷的女學生，發出嬌聲替兩所男校的對抗賽加油。

聽著白色和藍色的運動制服與頭盔撞擊的聲音，我們五人找到了空位排排站。

長門還是一言不發，毫無反應。

這時候，是還沒有——

我對美式足球的規則一竅不通。記得有一次我們不費吹灰之力贏了草地棒球大賽後，春日接著拿來的傳單就是草地美式足球和草地足球大賽募集通知。結果兩場都不能參加（那當然是經過了許多迂迴曲折的結果），當時為以防萬一，我還是查了一下規則。看起來很簡單，其實很困難，雖不至於很難玩，但也不是我們想玩就玩得了的運動項目。

事實上，光這樣隔網觀虎鬥，就證明我當時的推測是正確的。

攻方拿著一顆長得有點像橄欖球又不太像的橢圓形球，為了要多前進一公分，就得忽而扔球、忽而傳球、忽而抱住、忽而橫衝直撞。敵對的守方則是為了不讓那顆球前進一公分，猛然襲擊持球球員，爭球不下、妨礙攻方進攻，護具互相擦撞的聲音不絕於耳。

總之，就是很有美式作風的運動。

「哦——」

春日抓住鐵絲網，專注看著亂成一團的選手們。

「對了，那個叫中河的是哪個？」

「制服上寫著82的那傢伙就是了，白隊的。」

我照著昨天電話聽來的依樣說明。中河擔綱的是邊鋒。就是位於攻擊線的邊端，負責阻擋和接球。中河雖然塊頭大但身手靈活敏捷，嗯，的確是放對了位置。

「咦？選手好像可以互相補位，為什麼？」

「因為選手分為攻擊組和防守組。中河是屬於攻擊組。」

「他們都戴著鋼盔，所以應該可以撞頭攻擊吧？那可以撞到什麼程度？只能用立技（註：柔道或是摔角，站著將敵人打倒的技巧），還是綜合格鬥技都適用？」

「兩種都不適用。根本就沒有那種規則，當然也不准撞頭。」

「哦～？」

春日興致盎然地直盯著操場看。北高沒有美式足球社，要是有的話，這女人肯定會設法混進去鬧個天翻地覆。搞不好還會以迅速的行動力、無視周圍的優異爆發力立下汗馬功勞。

「這著實是令人血脈賁張，朝氣蓬勃的好運動。非常適合冬天。」

我一邊聽春日發表感想，一邊偷偷打量長門。她還是一副什麼都沒在想的表情，只是呆呆的追逐球的行蹤。在我看來，她並沒有特別注意中河，只是一味的發呆。

我們五人就那樣站著，看了男校學生的近距離肉搏戰好一會兒。

「呃，大家……想不想喝茶呢？」

朝比奈學姊從書包中拿出保溫瓶和紙杯。

「我想會很冷，就準備了熱呼呼的飲料。」

巧笑倩兮的朝比奈學姊簡直就是天使！真是太感激了！在寒空下一動也不動地看比賽真的很冷。

於是，我們啜飲著朝比奈學姊親手沖泡的絕妙好茶，在寒冬中觀賞熱力四射的美式足球社社員。

就在我們悠閒品茶與觀戰的氣氛中，第二局（註：美式足球比賽時間分為四局（quarter），前兩局為上半場，後兩局為下半場）結束，到了中場休息時間。穿著白色運動制服的中河那一隊是在離我們較遠的操場對面集合，有個體格很好，像是總教練的大叔不斷大聲咆哮。雖然離太遠看不清楚，但是隱隱約約看得到那一隊中間有個背向我們的82號。

至於比賽好不好看，真要說起來的話是滿枯燥的。沒有華麗的長傳，也沒有跑衛獨走三十碼的精彩畫面。兩隊在激烈的攻防之後都爭取到了First down（註：美式足球中，攻方有四次進攻機會，First down即為第一次進攻。每次進攻時要攻破十碼才能進行下一次進攻，如果最後一次進攻（4th down）時還攻不下十碼，球權就必須交給對方），比數也在雙方射門一點一點累積分數之下呈現拉鋸狀態，達陣拿下的分數目前仍掛零。兩隊的攻擊力可說是勢均力敵，彼此的防守也是滴水不漏，相當賣力。

可是，我恰巧就認識一個最討厭枯燥又無趣的人，而她的名字就叫作涼宮春日。

「我覺得沒什麼意思。」

在原地踏步的春日嘟起嘴來。呵出白色氣息的不光是春日，我們全都是。

「那些選手倒好，可以跑來跑去。」

春日雙手緊抱著身體取暖。

「對沒在動的我們就太冷了，附近有沒有咖啡廳？」

野餐的氣氛似乎被寒風給吹跑了。朝比奈學姊的熱茶在野外也不是無限量供應，早就沒了。不過在那之前，一半成分為愛情的朝比奈牌熱茶，因為嚴冬的酷寒一下子就冷掉了，對暖和身子沒太大幫助。何況今天又是今年入冬以來第一波寒流來襲。因為凍到骨子裡的寒氣冷得牙齒直打顫的不只有春日，還有我和朝比奈學姊。不怕冷的大概只有一年到頭都不畏寒暑的長門吧。

「果然，光在場外觀望是無法體會箇中樂趣的。我也下去玩一玩好了，我應該也可以扮演那個丟球的角色。」

春日的銅鈴大眼因為奪去體溫的寒風，瞇成了一條線。

「不動一動的話真的會冷死。阿虛，你有沒有帶什麼好東西？像是暖暖包或是辣椒霜？」

我要是有帶，我不會自己用啊。假如妳一定要暖和身子，繞著學校四周跑一圈馬拉松，或是做做推擠遊戲不就得了？既經濟，又健康。

「哼！好啊。反正暖暖包這兒就有現成的，而且還是等身大。」

春日慢慢地從後面抱住朝比奈學姊，手環向她纖細得似乎一折就會斷掉的粉頸。

「哇！哇！妳要做什麼？」

發聲人自然是狼狽的朝比奈學姊。

「實玖瑠，妳真的好暖和喔。而且又軟綿綿的。」

將下巴埋在宛如未曾讓人踐踏過的雪地那般潔白的人造毛皮裡，身子貼在朝比奈學姊背後的春日，抱住身材嬌小但某部分相當雄偉有料的學姊。

「暫時就這樣吧。呵呵呵，阿虛，羨不羨慕啊？」

當然羨慕。既然要抱軟玉溫香，還是從正面抱來得好。

「哦？」

春日的鴨嘴又嘟得老高。

「你這話……」

似乎想說什麼，又閉上了嘴，輕輕的吸入一口氣，

「你想對實玖瑠那麼做？」

我看著春日的小惡魔表情，以及被她的鋼臂緊緊抱住而杏眼圓睜的朝比奈學姊，我開始思

索如何回答。就在我陷入無止境的思考時，從斜後方駛來了救生艇。

「如不嫌棄，請和我玩推擠遊戲吧。」

可能是想加入我們的談話吧，古泉面帶噁心的微笑說出了噁心的話。

「跑馬拉松也沒關係，不過就算兩個大男人不分你我的彼此推擠取暖，我也不會在意。」

可是我會在意。我已經說過很多次了，我沒有那方面的興趣。古泉你只需乖乖擔任美式足球賽的實況解說即可。這次是我和長門和中河的問題，你是比程咬金還多餘的存在。順帶一提，就現況而言，春日和朝比奈學姊也都是多餘的。

我斜眼看過去。

「那個不重要……」

重要的關鍵人物——長門還是一如往常靜默不語，眼睛專心一意地注視著操場，身體動也不動。感覺上她的目光像是在追逐中河的身影，但我也不敢斷定她的焦點是不是鎖在他身上。

另一方面，中河也是。身為攻擊組的他不管是在場內活躍，或是退出場外，完全都沒看這邊一眼。拜託我把長門叫來，卻一點都不在乎人家。就連現在的中場休息時間，選手們也都圍成圓圈認真的在開會。是他對這場比賽的熱情與對勝利的渴望，勝過了對愛情的渴求嗎？

又或者，他是故意的？假如中河說的都是真的，那他遠遠一看到長門，就會忘我的喪失意識。雖然我認為那是他誇大其辭，但要是真如他所說，在重要比賽時呆立不動可是大大不妙。

「唉，也好啦。」

我嘟噥了一聲，注視起短髮隨風飄揚的長門後腦勺。

等這場比賽結束，中河從學校走出來再讓他們碰面就好了。照這樣下去，後半場平安落幕，只要中河的學校贏了，他就是自由身。

昨天，長門說過「我可以見他」。那麼，安排他們見面，對任何人應該都不會造成困擾。雖說我不太想讓他們見面，但我可不想扮演無情摧毀他人希望與要求的黑臉。這樣我起碼能保有兩隻健全的耳朵。

可……是！

很遺憾，天不從人願。當比賽再度開始的哨聲響起，第三局開始還不到五分鐘——

中河就被抬上救護車了。

跟大家描述一下那傢伙負傷的始末。大概是這個樣子——

後半場是由敵隊的開球揭幕。回攻員進到自家陣地二十碼左右就功敗垂成，換中河那一隊發動攻擊。

中河就位在敵我雙方聚精會神的最前排的最邊端。站在中鋒正後方的白隊四分衛，似乎向左右做了什麼暗號，那似乎也真的是暗號，轉眼中河就從最前線打橫朝旁邊移動。說時遲那時快，持球的四分衛倒退了兩、三步，敵方的哨鋒、絆鋒、線衛都像野獸似的往前攻擊。

中河加快衝刺，迅速切入擲球線、迴轉，做出像是要等待接球的假動作，持球的首腦靈活甩臂將球丟給比中河更外側的外接員（註：wide receiver，一般是位於攻擊線外側，爭球線下來一點點的位置。多為四分衛的傳球對象）。

「啊。」

發出叫聲的，不知是春日還是朝比奈學姊。

像迴轉彈似的邊迴轉邊飛過來的球，未能劃下預定的軌跡。敵隊的線衛猛然一跳，但是未抄劫（intercept）成功。勉強用指尖留住了球，迴避換邊進攻（turnover），但是軌道的變更加上被強制減速，結果球一飄，飄落到誰都預想不到的位置。

就在那時候！

我看到比地藏菩薩還不動如山的長門手動了。

「………」

長門觸碰她戴上的連身帽的帽沿，用力下壓遮住視線。但是沒遮到嘴唇，她的唇唸唸有詞的動作亦沒逃過我的視線。

「——」

長門確實在嘴邊唸了些什麼，非常短。

我是用眼角餘光瞄到的，我目光的焦點是現下戰火漫天的操場。

「喔！」

我身子不禁向前，眼睛睜得老大。

因為我發現球道有些偏移了，其預測落點正好是中河以驚人爆發力衝過去等待的地點。在我視界的正中心，中河展現出華麗的跳躍動作，牢牢接住在空中漂盪的球，再重心略微不穩的著地——

失敗。

中河跳起來的同時，盯住中河的敵隊防守組的角衛也展現了優異的跳躍能力。他的目標只有一個，就是場上那群人認為重要度僅次於生命的那顆球。

那位敵隊選手像跳遠選手一樣，助跑之後跳到空中，中河也在同一時刻接到球。沒有羽翼的人類，在空中自然無法隨心所欲變換方向，結果那位選手跳到最高點後，能量瞬間歸零，然後就直接墜地，和中河撞個正著。從兩人同時被撞飛出去就可以想像當時的衝擊有多大。

敵隊的角衛在九十度迴轉之後，背部落在操場；而毫無防備就被撞上的中河則是在一個漂亮的縱向半迴旋之後，頭部先著地。

「嚇？」

這一聲是朝比奈學姊發出的疑問形悲鳴。

我也叫了出來。中河就在我眼前以人類撞到地面最不妥的落下方式墜地。就很像是「墓石落」（註：垂直落下技的一種。是WWE選手「送葬者」的摔角絕招）或是犬神家的佐清（註：在橫溝正史大師名作《犬神家一族》中，佐清屍體在沼澤中被發現時，是頭向下的倒栽蔥死法）從頭部垂直向下的模樣。摔角擂台上有地墊，犬神家有沼澤。可是，中河的底下只有堅硬冰冷的茶色地面。

我最不想聽到的討厭聲音，比影像慢了半拍，傳送到我們面前。

咚鏗！

幸虧有戴上頭盔，不然聽那厚實的聲音，頭蓋骨沒碎裂我輸你。

主審的哨音響徹全場那一刻，時鐘靜止了。中河的身體也靜止不動。倒下的中河以活像是抱著雙親遺物似地抱著球停了下來……不，是一動也不動。氣氛緊繃得不像是在開玩笑。

「那個人要不要緊啊？」

春日眉頭深鎖貼著鐵絲網說。

「哇啊啊～」

朝比奈學姊像是在看恐怖電影的血腥畫面，半個身子躲在春日肩後。

「啊……擔架來了……」

用提心吊膽的聲音如此說道。

被大批隊友團團圍住的中河，以仰臥的姿勢被抬上緊急運來的擔架送出場。儘管如此，他還是緊抱著那顆球不放，其堅忍不拔直教人敬佩。這個退場名場面若是沒有刺激中河的隊伍奮發圖強贏得勝利的話，我絕對不相信。

人躺在擔架上，頭盔已被取下的中河，情況似乎沒有糟到最嚴重的地步。他對周圍的叫喊有反應，睜開了眼睛；對於問題也會一一點頭反應。雖然企圖坐起來時又倒下去，但是最起碼他還有呼吸。

「是輕微的腦震盪吧。」

古泉說明病況。

「我想不用太擔心。這類運動發生這種事故是家常便飯了。」

你不是醫生，還隔得這麼遠，你懂個屁啊。假如被你說中了倒還好，可是頭部是很脆弱的。隊上的教練和顧問老師似乎也和我一樣擔心，沒多久就傳來了救護車的響笛聲。

「你的朋友真倒楣。」

春日感嘆的說道：

「想在有希面前有所表現卻受傷了。這就叫求好心切反而弄巧成拙吧。」

言下之意對中河相當同情。這女人當真想撮合中河和長門成為一對嗎？那之前電腦研究社社長來借人時，妳怎麼就沒這麼爽快？

春日聽我這麼一說——

「阿虛，我這個人啊，雖然認為戀愛是一種病，但我從不會因為好玩去阻擋人家的戀愛路。幸福的基準本來就人人不同。」

被中河喜歡上的長門算是幸或不幸？

「在我看來不幸到極點的人，只要那個人自己覺得幸福，那他就是幸福了。」

我聳聳肩，讓春日言多必失的戀愛論左耳進右耳出。很抱歉，要是朝比奈學姊的男友是不成材的王八綠豆，就算朝比奈學姊自己覺得再幸福，我也沒自信能祝福他們倆。說不定還會千方百計阻擋他們的戀情發展。可是，相信到時候不會有人責怪我。

「希望你的朋友平安無事。」

朝比奈學姊在毛絨絨的大衣胸前雙手合十，祈願的表情相當認真，絕對不是虛情假意。學姊就是那麼溫柔的大好人。有朝比奈學姊誠心的加持，就算渾身是傷到複雜骨折的地步，也一定會在三十分鐘內痊癒。所以，中河一定不會有事的。

最後，抵達的救護人員用手將中河抬進了救護車裡。慎重得像是在搬運貼有「內有易碎物品，請小心搬運」標示的紙箱。

順利將中河抬進救護車後，後車廂門關上不久，響笛再度復活、發車，紅色的迴轉燈閃耀著刺眼的光芒，逐漸遠離。

「……」

今天的沉默度比平常增加五成的長門，黑曜石般的眼眸看著逐漸遠去的救護車的模樣，宛如是在用肉眼確認紅位移似的。（註：天文學家哈伯依照觀測結果，推出了「距離我們越遠的天體，遠離我們的速度也越快」的理論。如果一個天體離我們遠去，它所發出的光波長會變長，光譜線會向紅色的一端移動，叫做「紅位移」（Redshift）。）

那麼，現在怎麼辦？

中河呈獻給長門的示愛表演已因當事人的退場被迫中止，而我們也已沒興趣將再度展開的練習賽看到最後了。天氣太冷，加上當初的目的已經中斷，我們實在沒有裡由再站在這裡，畢竟原始目標物已被送到醫院去了。

「我們也可以去醫院啊。」

發話的是春日。

「既然當初的目標去醫院了，我們也跟著過去，這愛的故事就能繼續演下去了。擔心的有希前去探病，合情又合理。你的朋友也會很感動。再說，醫院裡面也會開暖氣吧。大家覺得這主意怎麼樣？」

說實在的，春日這靈光乍現的主意是很不錯，但我暫時不想再進醫院。自從遇到春日之後，我的精神創傷就有增無減。

「你都不在乎朋友嗎？我告訴你，當你被救護車載走時，我可是擔心得不得了。不過那僅止於朋友的關心。」

春日強拉著我的手，口氣粗暴的說：

「再說，這次的麻煩是你惹出來的。」

陪著我走出去的春日，走沒幾步就停了下來。

「對了，那輛救護車是開到哪家醫院？」

妳問我，我問誰啊。

「我來調查。」

高舉手機的古泉微笑著接下任務。

「請等我一下下，馬上就好。」

古泉背對我們，離開幾步之後，按下按鈕，小聲地說話，側耳聆聽對方的聲音，頂多一分鐘吧，他就闔上手機，面帶笑容地轉向我們。

「我查出他被送到哪家醫院了。」

我不知道他是打到哪裡去查，但我敢打賭絕對不是119。

「是我們相當熟悉的醫院。不用我說明，大家應該也知道怎麼去。」

怒濤般的預感朝我襲來，床單的死白，蘋果的紅豔一一在我的眼底甦醒。古泉對我綻開一個燦爛無比的笑容。

「是的，正是那裡。就是你前陣子住過的綜合醫院。」

就是你叔叔的朋友正好是理事長的那一家？我瞪著古泉。這是偶然的，還是……

「是偶然。」

他看到我的鱷魚眼，噗嗤一聲笑了出來。

「真的真的。真的是偶然。我也嚇了一跳呢，是真的。」

你不用對我陪笑臉，我對你一點信任感都沒有。

「那麼，我們就去那家醫院！乾脆招一輛計程車過去吧？我們有五個人，車資平分起來很便宜的。」

春日立刻開始指揮大局。

「涼宮同學，我們差不多也該召開這次雪山之旅的行前會議了。不如探病就讓這兩位代勞，妳和朝比奈學姊和我留下來籌劃雪山行，如何？因為確切的出遊日期、該帶的行李、細部事項至今都還沒確定。這些細節再不定案的話會來不及。」

但是在聽了古泉的建議之後，她還是猶豫不決。

「咦？是嗎？」

「是的。」

古泉繼續勸說：

「除夕就快到了。在雪山山莊過年可是一大活動。本來今天我想要召開ＳＯＳ團冬季合宿會議的，沒想到臨時會插入這麼一項行程。」

抱歉啊。

「不，我沒有怪你的意思。相反的，我才不好意思，長門同學就交給你了。請兩位火速趕去醫院和中河同學會面。到了那裡該怎麼做，全交由你自行判斷。我和涼宮同學、朝比奈學姊會在老地方的咖啡廳等你們，你們探完病就過來……這樣的安排妳覺得可以嗎？涼宮同學。」

春日沉思了一會，嘟起小嘴。

「嗯嗯，說得也是。我去醫院也是無濟於事。畢竟阿虛的朋友只對有希有興趣。」

表情顯得有些不甘願。

「好吧，阿虛。你就和有希一起去看你朋友。寫得出那種情書的人，搞不好見到有希五秒鐘就活蹦亂跳了。」

然後，春日又指著我，以嬌嗔的表情這麼說：

「可是！之後要將經過一五一十地向我報告！聽到沒有？」

就這樣，我們一行人坐公車回到集合地點，接著就分成兩隊。我和長門繼續轉乘公車到私立綜合醫院，春日以下三人則到附近的咖啡廳當老顧客。

長門始終都沒有回頭，讓我突然有個念頭，想回頭看看，結果發現春日三人也同樣回頭在看我們，而且還做出像是比手劃腳猜謎的動作漸走漸遠。對於那奇特的身體語言，我沒有揣測多久，就轉頭去看全身裹在連帽粗呢外套裡，冷若冰霜的同伴。

該怎麼說呢——

簡單說，我心裡的芥蒂就如海邊的藤壺一樣牢牢黏附在我的心臟。其一是對長門一見鍾情的中河，怎麼會這麼湊巧在比賽中受傷？其二是古泉在集合地點對我說的那句話：「你奇人異士的朋友還真多。」那句「還真多」更是讓我在意得不得了。我自認沒有具備變態特質的朋友。勉強算有的話，就只有古泉一個。到底那小子是指中河哪方面「奇異」？

還有一點也不能忽略，就是長門唸唸有詞的謎樣咒文。中河發生意外是在長門唸完咒文之後。就算是頭腦再愚鈍的人，只要對之前的模式有印象，自然會將兩件事聯想在一塊。沒錯，讓我這個救援投手創下連續三振三人紀錄的長門，確實有此能耐。

「…………」

長門將臉埋在連身帽內一語不發，但是答案很快就揭曉了。

在服務台詢問職員，才知道中河已經結束治療和檢查，移往病房了。雖然傷勢不嚴重，好像還是得住院觀察的樣子。我陪著活像是背後靈般跟著我的長門，進入通道，走向職員告訴我們的病房。

走沒幾步路，病房就到了。中河住的是六人房。

「中河，還好嗎？」

「喔！阿虛。」

我的前同班同學穿著淺藍色病人服，躺在病床上。好像見過又好像沒見過，中河依舊理著運動小平頭（註：sports cut，瀏海髮際修成四方形，兩側和後面剃得短短的男性髮型），像頭午睡剛醒的熊貓一樣起身。

「你來得正好。我剛剛才檢查完畢。醫師說得留院觀察一夜看看情況。我墜地時可能是傷到脖子才會想吐，幸好醫師診斷只是輕微的腦震盪。我也打電話給教練了，說我明天就可以出院，大家不用特地來看我——」

他自顧自地講個不停時，似乎發現了我身後的背後靈，眼睛睜得奇大無比。

「那一位是……莫、莫非……」

不是莫非，也不是張飛。

「這位就是長門。長門有希。我想你會開心，就帶她來了。」

「喔喔喔……！」

中河健壯的身體猛然從床上彈起，正襟危坐。精神好得不得了。想必他的頭殼也沒有內傷吧。

「敝姓中河！」

和怒吼沒兩樣的自我介紹。

「中是中原中也的中，河是黃河的河！敝姓中河！希望能和妳做個朋友！（註：中原中也，1907年4月29日～1937年10月22日，日本詩人。）」

就像是頭一次覲見大將軍的諸侯那般五體投地。

「長門有希。」

沒有笑意的聲音淡淡地報上姓名。沒有脫下連帽粗呢外套，連身帽也照樣戴著。我實在看不下去了，就將那頂蓋頭蓋臉的連身帽掀到她背上。特地跑來會面，沒看到臉就回去豈不是太可惜了。

長門一語不發，只是持續凝視一臉呆相的中河，大約過了十幾秒。

「嗯？……啊～」

表情率先起變化的是中河，他露出了驚訝莫名的表情。

「妳是……長門同學是吧？」

「對。」長門答。

「初春時，和阿虛走在一起的那位……？」

「對。」

「常在站前超市購物的那位……？」

「對。」

「是嗎……是這樣嗎……」

中河的臉色陰暗了下來。我本來以為他會喜極而泣或是感動得暈倒，結果不但沒有，反而把氣氛弄得奇僵無比。

長門注視中河的眼神，像是在觀察水族館一動也不動的鰈魚；我也注意到了，中河看著長門的眼神，像是在盯著路上的下水道蓋子。

這兩人冷不防展開的微妙凝視戰，很快就出現破綻，先移開目光的果然是中河。

「……阿虛。」

雖然中河叫得很小聲，但是同病房的住院病患應該都聽到了。但我又無法忽視他那為了掩人耳目，動動手指頭叫我過去的小動作。

「幹嘛啦。」

「有點事……呃，我想和你單獨談一談。所以……可不可以請……那位……」

看到他不時窺探長門的視線，我就了解了。他想講的話，似乎不想讓長門聽到。

我面向長門——

「是嗎。」

他們之間不可能會有心電感應，但長門卻俐落的轉身，以像是裝有皮帶輸送機的步伐走出病房。

一看到拉門被關上，中河就鬆了一口氣。

「那一位……真的是長門同學嗎？真是她本人？」

長門的冒牌貨，至今我仍未有幸得見。雖然遇見過有點變質的本尊，但是已經曲終人散了。

「高興一點。」我說，「你十年後的新娘人選來看你，你就不能裝出感動一點的表情嗎？」

「唔唔……嗯嗯。」

中河自言自語的點了點頭。

「那是長門同學……沒錯。不會錯的。不是雙胞胎姊妹，也不是長得酷似。」

你到底想說什麼。可別在這個節骨眼跟我吵少了眼鏡就不是長門什麼的。你最近不也看過長門？那時候的長門應該已經應我的要求沒戴眼鏡了。說什麼你是眼鏡狂，無法接受現在的長門的爛藉口，我可一概不受理喔。

「不是那樣！」

中河頭抬了起來，臉上淨是苦惱的表情。

「我不知道該怎麼說……拜託讓我想一下，阿虛。不好意思……」

然後中河就坐在床上，開始無病呻吟。果然是撞到頭腦筋秀逗了？他的反應實在太匪夷所思，根本談不下去。不管跟他說什麼，他都是「嗯嗯」兩句敷衍過去，像是在專心一意思考某件事情。最後居然還抱著頭，似乎非常頭痛的樣子。我可沒耐心陪他玩下去，於是我決定也離開病房。

「中河，詳情過陣子我再跟你問清楚。這樣我沒辦法給人家交待——」

我要繳給春日的報告也得繳白卷才行。要是據實以告，就等著被春日賞白眼。

出了病房就看到背靠著走廊牆壁等待的長門。猶如黑色彈珠的眼睛轉向我，又落在地面。

「我們走吧。」

輕輕點了點頭，長門回復背後靈狀態，乖巧地跟在我身後。

——這到底是怎麼回事？

我像隻虎甲蟲（註：學名是Cicindela japonica，屬鞘翅目，虎甲科，有「引路蟲」之稱）走在保持沉默的長門前頭，快步走向公車總站。

之後在咖啡廳的那一幕，是大家再熟悉不過的光景。攤開寒假之旅日程表的春日高談闊論，成了點頭機器的古泉應付自如，朝比奈學姊捧著大吉嶺紅茶的杯子小口啜飲，我的神情悵然若失，長門則是自始自終都扮演著沉默且沒被徵詢意見的聆聽者。

帳單最後是各付各的，今天的ＳＯＳ團課外活動到此結束。一回到家，等著我的是——

「啊，阿虛！你回來得正好。你的電話——」

妹妹一手拿著電話子機，另一手抱著三味線對我笑著。我將電話和三味線都接收過來，進入房間。

不出我所料，這通電話是中河打來的。

「這真的很難以啟齒……」

先跟大家說一聲，這通電話是在醫院的公用電話打的。中河的聲音裡的確有著如他所說的難以啟齒之感。

「能不能請你幫我轉告，我想取消結婚的約定呢？」

聽起來很像是苦於債台高築的中小企業社長想延後付款的聲音。

「可以告訴我為什麼嗎？」

我的則聽起來像是心情很差的債權人，面對束手無策的經營者的聲音。

「你單方面描繪的兩人世界美夢，不過一天就打算放棄了嗎？那你這半年來的單相思算什麼？和長門近距離會面後，你就變心了？你今天若沒給我個好理由，休想我會幫你傳話。」

「對不起。我自己也不太明白……」

中河的道歉似乎是發自內心──

「她趕來醫院看我，我非常開心，也非常感動。但是，當時的長門同學並沒有以前的光圈和靈氣。她就像是隨處可見的普通女孩子。不，是怎麼看都很普通的女孩子。為何會變成這樣，我也覺得很不可思議。」

我在腦中勾勒出了長門認為人生無常、世事難料的表情。

「阿虛，在那之後我不斷的思考，最後終於得出一個結論。我過去對長門同學一見鍾情，但現在對她已經沒有愛慕之意。這就表示，當初是我會錯意表錯情了。」

會錯什麼意、表錯什麼情？

「就是我弄錯了，那並不是一見鍾情。冷靜想想，這世上根本就沒有一見鍾情。我卻一直誤以為那就是愛。」

喔。那你之前聲稱看到長門背後的光暈、天使的光環、落雷的衝擊，那些又是什麼？你一看到長門就全身動彈不得的奇妙現象，又怎麼解釋？

「我也不知道。」

中河的口氣委曲求全得像是被要求預測百年後的本日天氣的氣象預測員。

「我完全沒有頭緒。唯一可能的解釋，就是一切都是我的錯覺……」

「是這樣嗎？」

雖然我口氣很差，但我沒有責怪中河的意思。事實上，我沒有很驚訝。因為事情並未出乎我意料之外。一開始聽到中河的妄想時，我就猜到是這麼一回事了。

「我明白了，中河。我會轉告長門的。我相信她不會太難過。因為她本來就沒把你放在心上。一下子就會把你給忘了。」

從聽筒中傳來鬆了一口氣的聲音。

「是嗎？如果是，那真是謝天謝地。不然我真不知該如何跟她道歉。我當時一定是哪根筋不對了。」

一定是。毫無疑問，當時的中河是有某根筋不對勁。不過，現在已經恢復正常了。大概是有人在他身上施加了狀態回復系的咒文吧。

後來我和中河又東拉西扯了一堆，直到電話卡的餘額快沒了時才互道再見。這樣也好，人情留一線，日後好相見。

掛斷電話後，我立刻撥打另一支電話號碼。

「現在方便出來見個面嗎？」

我一邊和電話中的對象指定碰頭的地點和時間，一邊撈起圍巾和大衣。本來在大衣上躺得平平的三味線滾落到地毯上，對我投以責難的目光。

昨天諸事不宜，而到處奔波忙碌不已的今天，也即將結束。

我踩著腳踏車，奔向我再熟悉不過的怪胎聖地、長門的豪華公寓附近的站前公園。五月初長門約我出來就是約在這，跟著朝比奈學姊去到三年前的七夕時，我也是在這地點醒來。還有，前陣子我第二次回到過去時，也是和大人版朝比奈一起坐在這裡。昔日的回憶一幕幕浮上心頭。

騎到入口附近，我停好腳踏車，走進公園內。

坐在那張充滿回憶的長椅上等著我的，是全身裹著連帽粗呢外套猶如砂人（註：sand people，電影『星際大戰』裡的外星種族之一）的人影。在路燈的照射下，活像是從黑暗中鑽出來似的。

「長門。」

我朝直視著我的嬌小夥伴喊出聲。

「抱歉，突然把妳找出來。就像我剛才在電話裡頭跟妳說的，中河改變心意了。」

長門舉止自然的站了起來，略微點了點頭，說道：

「是嗎。」

我攫住長門漆黑的星眸。

「真相差不多可以揭曉了吧。」

我以飛快的速度踩著腳踏車趕來，因此身子相當暖和。在寒冬的夜空下挺一陣子沒問題。

「中河對妳一見鍾情，這我還可以理解。人各有所好嘛。可是，今天他突然就變心，實在太不自然了。加上今天比賽時……中河受了傷被送到醫院後，對妳的戀愛感覺就突然消失殆盡，我想他會受傷絕對不是偶然。」

「……………」

「妳是不是動了什麼手腳？我知道妳在比賽時做了某件事。是妳讓中河意外受傷的，對不對？」

「對。」

爽快的回答之後，長門抬起臉來直視我。接著又說：

「他一見鍾情的對象，並不是我。」

語調平穩得像是在唸論文。

「他看到的我並不是我，而是資訊統合思念體。」

我靜靜聆聽。長門又以同樣的語調繼續說明。

「他擁有透過我這個終端機，進入資訊統合思念體的超感應能力。」

吹來的寒風，刺痛了我的耳朵。

「只是他不曉得他看到的是什麼。畢竟人類只是有機生命體，在意識層面上和資訊統合思念體是天差地遠。」

……看到了她背後的光圈。就像是天國照射到大地的光芒那般聖潔——當時中河是這麼說的。

長門不帶一絲感情，繼續述說解決篇。

「恐怕他看到的是那超越時空的智慧與日積月累的知識吧。儘管他透過終端機讀取到的資訊僅有九牛一毛，但那資訊壓已足以令他為之傾倒。」

所以他才會會錯意……嗎？我看著長門參差不齊的瀏海，嘆了一口氣。中河感受到的長門內在，事實上只是資訊統合思念體的某一端。雖然我不是很清楚，但是長門的頭頭確實擁有人類無法比擬的龐大歷史、知識量等奇妙的力量。一不小心誤闖進去的中河，為何會茫然自失一點也不足為奇了。這就像是誤開了內含惡意程式的檔案，你的電腦就會被綁架、動彈不得一樣。

「因此中河才會誤以為，那是墜入愛河的感覺？」

「對。」

「所以……妳在美式足球賽中修正了那傢伙的那份情感。」

披頭散髮的河童頭以點頭代替回答。

「我解析他擁有的能力，並消除。」

長門回答：

「要接上資訊統合思念體，個人的腦容量實在太少了。因此我早就預見弊端遲早會顯現的這個結果了。」

這我了解。姑且不論中河看到長門的一瞬間進入忘我狀態的反應，光是從他經過半年之久才來跟我高談闊論十年計畫，就足以證明他腦筋有點短路。放著不管的話，真不知道他將來會抓狂到什麼地步，我光想就害怕。

可是，我還是有不明白的地方。

「為什麼中河有那種力量？透過妳看到資訊統合思念體的那種特異功能，是他與生俱來的能力嗎？」

「他會得到那個能力，恐怕是在三年前。」

又是三年前？長門、朝比奈學姊和古泉之所以會在這裡，就是起因於三年前發生的某件事。不，應該說是春日引起的某件事……

此時，我察覺到一件事。

長門說那個叫超感應能力。既然是這樣……我明白了。搞不好，中河是類似古泉這樣的超能力少年後補者也說不定。三年前的春天，春日確實做了某件事。使得時空產生了斷裂，資訊奔流，超能力者也因而誕生的某件不可考的事。假如真是這樣，就算中河取代今日的古泉成為春日身邊的超能力者也不奇怪。古泉那意有所指的態度也解釋得通了。不管他早就知道或是經過昨、今兩天調查之後才曉得，那小子一定已察覺到中河所擁有的半吊子超能力了。所以才會暗指我的朋友多是「奇人異士」。

「有可能。」長門說。

或者是……我感到一股並非肉體感覺的寒氣。並不是任何事都非得和三年前的某個時期扯上關係。說不定春日至今也仍以超自然的影響力影響他人。就像是讓櫻花到秋天仍持續盛開，神社的家鴿變成旅鴿那樣的奇蹟。她還在對周圍的人持續散佈她的影響力。

「…………」

佇立不動的長門並沒有回應我，或者是她該說的都說完了，就走了出去。掠過同樣杵著不動的我身旁，像是一縷決心要成佛的遊魂，溶入闇夜中——

「等一下，可以再問妳一個問題嗎？」

長門的背影，讓我有種難以言喻的感覺，我不禁出聲喊住她。

聲稱對長門一見鍾情，請我代為轉達丟臉到家的示愛宣言的中河，就我所知，是對長門直接吐露愛意的第一人。昨天聽了我在社團教室唸給她聽的求婚文，她心裡究竟是怎麼想的？有人向妳熱切告白：我愛妳，請許我一個未來，搞半天卻是那個人會錯意，妳的感想又是如何？

我滿心的疑問，終於化為詞句，從口中說出：

「妳遺不遺憾？」

自最初的相遇至今這半年多來，我和長門有過許多共同的回憶。雖然和春日、朝比奈學姊、古泉都有，但是我和長門有關的事件特別多，對我而言幾乎每件事都有她。順便一提，讓我內心的鐘擺擺動得最大的也可以說是她。不管發生什麼事，春日自己都有辦法應付。朝比奈學姊只要保持原樣就好，古泉怎樣則管他去死。可是——

我忍不住問了一個不問會死的疑問：

「當妳得知他的告白是會錯意了，妳有沒有感到有一點遺憾？」

「……………」

長門停下腳步，以勉強可說是朝向我的程度，側頭轉向。冷不防吹來的風，將長門散亂的頭髮吹得更加凌亂，遮住了她的側臉。

夜風冷冽得像是能把我的耳朵割掉。等了好一陣子，靜謐小聲的言語乘著夜風吹送到了我耳邊。

「……是有一點。」

尋貓記

朝年末的最終時間點逐漸逼近的寒假中期，我們本來應該是很期待古泉和那一行人協助之下編出的推理遊戲，可是抵達鶴屋學姊家別墅的那一天，我們就迷失在猶如白日夢一場的謎樣怪屋裡，甚至還引發了長門昏倒在滑雪場，春日大呼小叫的緊急事態。

幸好，再度回到正常空間的長門，立刻就恢復了健康。不管怎麼說，這都是相當混亂的一天。日曆上的日期是十二月三十日，除夕前一天。

到了隔天——也就是除夕當天。

既定已久的計畫仍然照預定進行。所謂的計畫就是在暑假孤島行時，多事的古泉舉辦了不辦也無所謂的驚喜活動，結果卻一場糊塗的推理遊戲冬季版。只是和上回不同的是，這回我們一開始就知道是推理遊戲，事實上這次合宿的重點就是這個。至於在雪山遇難、虛幻的洋館、冒牌的全都露朝比奈、尤拉先生的五四三定理、還有發高燒昏倒的長門，都是不在任何人的預定之列、也沒人希望發生的小插曲。事實上那也不像是春日的作風。真想對那個叫不出名號的始作俑者比中指破口大罵。雖然長門掛了，幸好有我和古泉——朝比奈學姊（小）有沒有幫到忙很難說——在才勉強渡過難關。而且我們目前置身的別墅裡，有著不太像是普通人的鶴屋學姊，以及古泉的組織同僚。忽視這樣的組合，反而更不自然。

於是——

好不容易，很ＳＯＳ團的，不，應該說是很春日式的例行活動終於可以照著事前準備開始進行了。

這一年以這種方式結束到底好不好，這疑問始終在我腦中揮之不去，但是在場人士似乎只有我有那樣的疑問，身為少數派，只得認命乖乖閉嘴。

確認一下這次的登場人物好了。這次有我、春日、長門、朝比奈學姊、古泉、鶴屋學姊、我妹、花貓三味線、森小姐、新川先生，以及今天才會抵達的多丸圭一與阿裕先生兄弟。

春日提案，古泉主辦的懸疑之旅第二彈就此揭幕。

除夕當天一早，我們用完森小姐和新川先生準備的早餐後，就在鶴屋家別墅的一樓，挑高設計的公共空間集合。那個開放性空間足足鋪了二十帖榻榻米大（註：約十坪大）的木質地板，簡直就像是為了表演能劇或狂言而搭建的檜木舞台。上面設置了坐八個人也不覺擁擠的大地爐（註：和暖被桌原理相同，不過桌下挖了個地洞，腳可以放在洞裡舒適的坐著，不必跪坐）是相當適合住客自由玩樂的空間。當然，地板也有鋪設暖氣，牆壁一角具有優異靜音功能的電暖爐也吐出了暖風，坐在公共空間和通道中間的人，自然是全身暖烘烘。

從窗戶看出去，滑雪場的上空晴朗得像是有人用噴槍在壓克力版噴上藍墨水那樣的湛藍，可是，本日禁止所有的滑雪活動。

「我還是有點擔心有希，今天就在室內活動吧。」

就這樣，春日宣布了滑雪禁令。人家長門早就面無表情的對想硬拉她去看病的春日說「我沒事」了，但是我家團長決定的事情，誰也無法動搖。

「妳聽好了！最起碼今天不准外出！在我認定妳完全康復前，激烈的運動和會讓精神亢奮的事情都不許妳做，明白了沒有？」

長門目不轉睛凝視著春日的銅鈴大眼，接著將視線轉向旁邊排排站的我們。彷彿在詢問：我是無所謂，你們呢？而有這種觀感的人似乎不只我一個。

「我很贊成，畢竟留下長門同學妳一人出去玩，我們也不放心。為了救一個人，全體站在同一條命運線上……未嘗不是一段佳話呢。」

古泉爽快的回答，還不是正式團員的鶴屋學姊和我妹也欣然接受。我妹雙手抱著的三味線看法為何我不清楚，但是牠連喵都沒喵一聲，應該就是沒意見。

「不如將預定的流程提前吧。」古泉的視線遊走到窗外，「本來預定晚上開始，凌晨○時結束的推理遊戲，提早開始也可以。」

能不能現在就開始？在春日躍躍欲試的目光灼傷我的視神經細胞之前，求求你快開始吧。

「不好意思，最好是等到飄雪之後再開始比較好。氣象預報說中午過後就會開始下雪，請耐心等到那時候。」

是你說需要貓咪，我才帶那隻重得要命的三味線過來的，現在又說沒下雪就不行，是怎樣？要雪的話，外面不是積了一大堆？

「我需要的是雪下個不停的狀況。啊不，我不能再說了。因為這和詭計有關。」

說完，古泉朝妹妹懷裡乖巧的花貓笑了笑，拿起放在電暖爐旁邊的登山背包。

「為了因應這種狀況，我事先準備了各種遊戲。在室內玩一整天也不成問題。」

這我聽了倒有點小期待，卻只見他一一拿出類比式桌上遊戲。古泉該不會是討厭電子機器吧？

我們幾個是可以大玩特玩沒錯，但是森小姐和新川先生怎麼辦？昨天起便以管家兼主廚的身分接管別墅大小事務的新川先生，和勤快侍奉我們的女侍森園生小姐，真實身分是古泉隸屬的謎樣組織──監視春日的「機關」人員。

昨晚，這兩位表現得實在太過謙卑，讓我覺得很不好意思，想去幫他們弄料理和整理房務時──

「不用了，謝謝先生您的好意。」

謙恭二人組禮貌的婉拒了。

「這是我們分內的工作，理應由我們負責。」

咦？難道這兩人私底下是真正的管家和女侍？他們不是古泉請組織同僚過來幫忙做做樣子的嗎？

或許是發覺了我的疑惑，新川先生，卸下了營業用的面具，臉上堆滿笑容。

「這全是拜職業訓練所所賜。」

對我如此說明。因此，在這公共空間並未看到那兩人的身影。現在大概在廚房忙吧。

另外兩位尚未露面的登場人物，一位是在生化科技領域佔有一席之地，錢多到足以買下一座孤島當避暑勝地的多丸圭一先生，另一位是其弟阿裕先生。這對兄弟的登場是在春日登上桌上遊戲人生的高峰、成為億萬富翁，而我們債台高築之後，也就是以懲罰遊戲為賭注，作為飯後消化運動的神經衰弱大會的午後兩點左右。

那兩位貴客由出去迎接的新川先生帶到我們置身的公共空間，和我們打了一下照面。

「要不是因為下雪，列車誤點，我們早上就該到了。」

怎麼看都像是普通大叔的多丸圭一先生，笑臉依然和夏天時一樣和煦。

「呀，各位，好久不見了。」

跟我們打招呼的是看起來就是好青年的多丸裕先生，對著古泉展現誇張的愉快笑容，揮手致意，接著又對鶴屋學姊說：

「妳好，敝姓多丸，請多指教。謝謝妳的招待。能被邀請到鶴屋家的別墅渡假，是我莫大的榮幸。」

「哪裡哪裡，別客氣！」

鶴屋學姊開心的說道：

「你們是古泉學弟的朋友，而且還準備了娛興節目，我高興都來不及了！我這個人最愛看表演了！」

不管對象是誰，鶴屋學姊都有辦法在初次會面的十五秒內和對方成為好友。恐怕她在朝比奈學姊班上也是如此吧。好羨慕她們那一班的男同學啊。

森小姐和新川先生再度不約而同向多丸兄弟行禮。

「歡迎兩位貴賓蒞臨。」

「沒想到冬天也要麻煩二位。」圭一先生苦笑。「請多多關照，新川。」

「請問兩位用過午膳了嗎？」

森小姐微笑詢問，阿裕先生回答：

「我們在電車上吃過了。先帶我們到房間放行李吧。」

「好的。行李請交由我來拿。」

新川先生深深的一鞠躬，忽然看了古泉一眼。

「那麼，各位。」

古泉站起身來，口氣活像是婚禮上的司儀——

「趁著大家玩興正濃，現在就開始進行遊戲吧。只是對剛到的多丸先生他們有點不好意思。」

笑容顯得有點僵硬。是不是古泉對遊戲的安排本身沒自信，還是又有什麼烏龍狀況在等著我們？

「在此事先聲明，被殺害的人只有圭一先生。不會發展成連續殺人。此外，兇手也是只有一人。請大家推理時排除兇手有多人的可能性。動機的話……可以不用考慮。因為那一點意義也沒有。還有一點，從現在起——」他指著牆上的掛鐘，「——也就是從午後兩點到三點之間，除了新川先生和森小姐以外，其他人都不可以離開這個公共空間。阿裕先生也請留在這裡。有任何急事，請趁現在快點完成。各位都願意配合嗎？」

大家一致點頭。

「離兩點整還有七分鐘，不過沒關係。好，可以開始了。」

古泉朝多丸圭一先生點了點頭。

「那麼──」

繼夏日那次的死者角色，再度成為大家注目焦點的圭一先生，難為情的搔搔頭，站了起來，以像是在誘導我們的語氣說道：

「我的房間，是在主屋外面的小屋是吧。」

「是的，請隨我來。」森小姐說。

「我想小睡一下。今天一大早就起來了，有點睡眠不足。大概也有點感冒吧，鼻子不太舒服。」

「對了，圭一先生對貓過敏嘛。會不會是因為過敏的緣故？」

就算是演戲，也實在演得太做作了。

「搞不好。啊，請不用放在心上。我對貓過敏沒有那麼嚴重。假如是在狹窄的房間共處一室就會很痛苦，在這麼寬廣的空間就沒有問題。」

接著又囑咐了一次：

「對了，妳大約四點半左右叫我起床好嗎？可以嗎？四點半。」

「好的。」

森小姐彎腰一鞠躬，接著又優雅的挺直，走了出去。

「請跟我來，這邊走。」

為了追上森小姐，圭一先生囫圇吞棗說完一堆又臭又長的台詞之後，就消失在走廊深處。

公共空間頓時瀰漫著一股此地無銀三百兩的氣氛。

「我也就此告退了。阿裕先生，我幫你提行李。」

新川管家行了一個九十度鞠躬禮，將皮包和上衣接手過去，便迅速離開。

目送三人離開後，古泉假裝清了清喉嚨：

「所以，第一幕到此結束。請大家儘情地在這寬廣的地板空間享樂。」

「等一下。」

提出異議的是春日。

「剛才說的小屋是什麼？這裡有那種地方嗎？」

「有啊。」鶴屋學姊回答，「它沒有和這棟主屋蓋在一起，是規模很小的別館。咦？你們過來時沒看到嗎？」

「沒看到。古泉，隱藏線索是犯規的喔。這點沒告訴我們的話不公平。現在大家一起去看吧。」

「我是想待會再帶你們去……」

預定的流程走樣得如此之快，讓古泉的微笑顯得有點牽強。可是他看看時鐘之後，似乎還有補救的空間。

「我明白了。過去看看當然沒有問題。」

「這邊這邊！」

鶴屋學姊帶頭走出去。大家自然也一個個跟上去。連抱著三味線的我妹都跟來了。雖然我不認為這一人一隻對推理會有什麼幫助。

從公共空間出來，就是面對中庭的通道。外側的牆壁鑲嵌了透明玻璃，庭園的景觀一覽無遺。

天空不知何時開始飄雪。

積雪的深度差不多到達膝蓋。庭園的造景看得出來是偏日式風格，只是拜積雪之賜，到處都是白茫茫。在這樣的白色風景中，有座看似茅舍的小小建築物孤零零的佇立著。

差不多走了一分鐘，鶴屋學姊打開通往庭園的門，指著它說：

「那就是別館的小屋。是我爺爺以前用來冥想打坐用的。我爺爺怕吵，為了逃避主屋的喧囂，每次來渡假就會關在裡面。既然怕吵就別來嘛！可是不邀他來又說不過去，真是難伺候的老人家。」

鶴屋學姊埋怨歸埋怨，語氣中卻充滿了懷念。

我一個細節都沒漏過，仔細地觀察。自主屋的這道門一路延伸到庭園小屋的迴廊通道，四周並沒有牆面，只有屋頂可以避雪。因此，唯有主屋到小屋的那段鋪石步道沒有受到雪片侵襲。那是幸好今天是這種靜靜的飄雪日，遇到風雪天可就沒這麼好運。

從洞開的門戶吹進來的冰點以下的冷空氣讓沒穿外套的我們冷得要命。尤其是三味線，心情特不好，拚命扭動、想鑽回溫暖的被窩。我妹覺得那樣的三味線很好玩，還來不及阻止她，她就直接穿著拖鞋跑出迴廊，將懷裡的三味線湊近積雪。

「喏，三味，這是雪喔。要吃嗎？」

三味線扭動得像是拚命想掙脫釣線的鰹魚，一逃出我妹的臂彎，就「嗚喵～」主張心中的不滿，接著就衝進主屋，不見貓影。大概是溜回去地板繼續睡牠的大頭覺吧。

「哎呀。」

結束圭一先生帶房任務的森小姐，正以輕盈得宛如沒有體重的步伐，踏過鋪石步道而來。這位年齡不詳的美女嫣然一笑。

「各位有什麼事嗎？如果是要找圭一先生，他人在那棟小屋裡。」

「妳確定？」春日問，臉上已露出狐疑的表情。

「我確定。」古泉代答。「因為劇本就是這樣安排的。」

我們返回公共空間時，時鐘的指針指著午後兩點整，古泉看似安心的鬆了一口氣。

「請容我再叮嚀一次。請各位在三點之前都不要離開現場。假如非離開不可，還請由我陪同。」

古泉走近放在角落的背包，又從裡面取出東西來。還有什麼要拿的，乾脆現在一次全拿出來吧。

「嗯？」

我突然發現一件事。三味線不見了。古泉放東西的角落就在電暖爐附近，而放置在出風口前方的座墊已成為新近的貓咪指定席，我以為牠早就在那躺得四平八穩了。不過這個疑惑——

「這段期間，就來玩這個吧。涼宮同學，可以嗎？」

轉眼就被古泉這段話攪得煙消霧散。

「也好。」春日不知為何看來相當得意，「現在玩可能有點早，不過反正早晚都要玩，不玩白不玩。給我，古泉。」

春日從古泉手中接過紙袋，拿出了怪怪的東西。幾張看起來像是畫的紙，還有同樣數目的信封袋。看到信封袋裡的東西和攤開在地爐上的紙張全貌，我心中不免湧起一股難以言喻的鄉愁。

「這是福笑。」春日道。「小時候大家都玩過吧？這是預定明天玩的遊戲，可是現在不玩的話很浪費時間。況且，這可不是普通的福笑遊戲喔。」（註：福笑是日本新年期間玩的傳統遊戲。遊戲者矇上眼睛，在阿多福（男）和阿龜（女）的傳統面具上，排列眼睛、鼻子、嘴巴等五官，瞎子摸象排出來的滑稽臉譜往往會逗得大家哈哈大笑。）

我看了也知道。不管是臉型或是髮型，怎麼看都像是照我們的臉畫的Q版肖像畫。而且畫得相當傳神，即使缺了眼睛鼻子等零件，還是很好認。春日會如此得意就是這個緣故吧。

「這是我做的。親手製作的喔！而且是純手工製作。連鶴屋學姊的都有。知道你妹也來了，我就連你妹的份也一起做了。啊，阿裕先生，對不起～我對你的臉沒什麼印象……」

「沒關係，沒關係。」阿裕先生的語氣相當自然，「對我的長相沒有印象是好事。」

「或許吧。」

春日笑嘻嘻的環視我們這些團員。

「不錯吧？可以用自己的臉玩福笑。不過我先說好，下手無回喔。完成的臉蛋會用膠水黏好，掛在社團教室牆上展示，所以要給我認真地玩。否則掛在社團教室永世流傳下去的將會是一些怪模怪樣的臉。」

那顆腦袋瓜成天就只會想些有的沒的。春日的繪畫功力確實高竿，福笑的肖像畫將我們各自的特徵都抓得很好。將五官正常排列上去的話，很容易就看得出是我們的變形畫。光是這一點，就不能辜負春日的苦心。

不過，這女人怎麼有這閒工夫做這種東西？

「誰要先開始？」

對於春日的問題，鶴屋學姊勇氣十足地舉起了手。

不像是普通人物的鶴屋學姊並沒有透視能力。用毛巾矇眼的她，漂亮排出了一張好笑的自畫像，惹得哄堂大笑，她自己看到成品也笑得半死，在地上打滾。就算是笑袋（註：昭和年代盛行一時的暢銷玩具）也不可能笑成這樣子。

第二位是古泉。面面俱到的俊臉也毀於一旦。取下矇眼毛巾的古泉見到自己的作品時，表情無比哀怨，但是想到下一個就是我，我也無法笑得很開懷。

真是充滿緊張感的福笑遊戲啊。當我做好了心理準備——

「失陪一下。」古泉小聲地對我說。「我還得跟新川先生他們商討明天之後的流程安排，請容我離席。」

他就直接走出公共空間。我不曉得他是要商討什麼，但那個現在不重要。裝飾在社團教室的本人肖像畫會如何呈現，一切端賴我接下來的空間感掌握能力決定。

我的福笑自畫像最終以大爆笑收場。算了。總比做出平淡無奇的臉，讓全場氣氛降到冰點來得好。不過鶴屋學姊，妳也笑得太超過了吧。

當我拿下矇眼毛巾，悵然的聽到鶴屋學姊的驚聲尖笑時，就看到古泉回來了。我反射性的看了一下時鐘。

時間是午後兩點半過一點點。

「失禮了。」

不曉得在打什麼主意，古泉抱著之前不知跑到哪去的三味線回來了。他是抱去幹嘛用？

「沒有，牠在廚房那邊纏著森小姐不放。」

古泉直接將三味線放到電暖爐前的座墊上，沐浴在暖風中的貓咪蜷縮成一團。將吃得飽咚咚的貓咪放在溫暖的地方是馴服貓咪的不二法門。

「成果如何？」

古泉在我旁邊坐下，朝地爐那邊看了一眼。鶴屋學姊和古泉、我的福笑像都已遭到我妹的毒手，黏好待展示了。與其展示這種東西，不如展示別的。譬如朝比奈學姊的COSPLAY等身大照片。

時間一分一秒過去，接著輪到朝比奈學姊、長門玩福笑。做什麼都可愛的朝比奈學姊用顫抖的雙手摸索著五官的零件，結果排成了好笑但相當可愛的肖像畫，長門也出人意表完成了超現實風格的福笑像，這又讓鶴屋學姊驚訝到翻過去。當然，看長門的表情就知道她全然不明白自己的肖像畫何以會惹人發噱，一直盯著自己狀似愉悅的臉打量。

就在我們展開地爐福笑畫生死鬥時……

「各位，就快要三點了。」

古泉突然發話。

「在此我想穿插一段休息時間。從三點到四點這段期間，仍有需要待在這裡，想上洗手間的話請趁現在快去。」

除了我和長門、阿裕先生，以及古泉之外，全部人員都已從原木地板消失。長門仔細端詳自己的福笑畫，阿裕先生則是饒富興味地看著長門的側臉。

我問古泉：

「命案何時會發生？」

「先不談這個，你看一下窗外好嗎？」古泉指指窗外，「看得到外面在下雪吧？請記住這一點。雖說沒在下雪，我也會要你當作有在下雪，不過當前的狀況還真是配合得恰恰好啊。」

我仔細審視起古泉放心的笑容時，女生四人組就回來了。我們當中最像兇手的就是阿裕先生了。再沒有比他更適合的人選。雖說到目前為止我還沒發現他有什麼可疑的舉止。

春日一腳踩進地爐。

「古泉，接著來玩那個吧。幫我拿一下好嗎？」

「好的，是那個沒錯吧？」

古泉又走向背包。我也跟過去，看看這次又要拿出什麼手工遊戲道具來。我在古泉身後看他在袋中摸索時，古泉很快就轉頭過來看我，像在變魔術一樣，手中變出了大張紙。

「幫我交給涼宮同學，謝謝。」

那張摺好的大紙被電暖爐的熱風吹得嘩啦嘩啦響。攤開來後，我突然有種怪怪的感覺。不是這張奇大無比的紙怪。在我面前的是手放在背包上的古泉，旁邊就是電暖爐。三味線心滿意足地背對著我躺在座墊上睡覺。

眼前的景象並不奇怪，但我就是覺得不對勁。其中最不對勁的就是，為何我接近古泉時，他似乎有些慌張？

「阿虛，快拿來啦！你在蘑菇什麼！」

我不情不願的拿著神秘的紙張回到地爐旁，過了一會古泉也加入陣容。

時針正好指著三點整。

「這是我和古泉一起做的。」

春日得意得屁股都快翹起來了，就差沒寫在臉上。

「這是ＳＯＳ團專用的繪雙六。是我一格一格親筆畫出來的，你們要心存感激地玩。」

（註：「繪雙六」是在一張精美的圖畫上進行的遊戲。創始於江戶初期，遊戲規則是黑白子各十五個，玩家藉由擲出骰子的點數，看誰先將全部棋子移入對方陣地就獲勝。由於棋盤上的圖畫多為升官圖，所以又被稱為升官棋。）

附帶一提，我第一回擲骰子停下來的格子，上面是這麼寫的：

『阿虛限定，俯地挺身三十次』

另外還有『和下一個停下來的人玩野球拳』、『說出五種不同的話逗團長開心』、『誠實回答大家的問題（大家儘量問難為情的問題）』等等，這款春日特製繪雙六每一格的遊戲規則都活脫脫像是懲罰遊戲。

既然格規如此製定，玩家當然得照做。在野球拳那一格停下來的是朝比奈學姊和阿裕先生，但是朝比奈學姊好像不知道什麼是野球拳，整個人呆掉了，只得由我上場代打。至於其他的簡直就像是要整慘我的格規大遊行，遊戲開始後一小時，鶴屋學姊第一個到達終點時，我已經累得快癱了。

想當然古泉不是看不下去才插手，但他的舉手發言真的讓我有久旱逢甘霖的感覺。

「各位，現在正好是午後四點。」

和Live節目的計時員一樣注意時間的古泉說：

「現在開始是自由活動時間。請在四點三十分前回到這裡來集合。還有，請儘量不要外出。當然，只有兇手以外的人才需要這麼做。」

「那麼，我失陪一下。」

多丸裕先生含意頗深的笑了一笑，起身離席。

「我要回房間去打開行李。嗯～大概五分鐘後就回來。」

阿裕先生說完、離開地板後，「我們去廚房。」春日和鶴屋學姊也走掉了，幾分鐘後兩人捧著茶點和果汁回來。除了他們以外，沒有人離開地爐。畢竟誰都不喜歡被當作是兇手。被冤枉更慘。

順便補述一下，阿裕先生真的在五分鐘內就回來了。

時間是午後四點半過後。

森小姐來到公共空間告知我們：

「圭一先生叫不醒。」

她演出不安的表情。

「我去小屋叫他起床，可是他都沒有應答，門也反鎖起來。」

「總算等到這一刻了。」

春日精神抖擻地站起來。

「先去看看現場的情況吧。」

古泉以旅行團的領隊之姿率先走上通道。我們跟在後頭。

走到中庭、打開門，就看到備妥我們人數的室外鞋。穿上鞋走向通往小屋的迴廊時，新川先生已經在小屋門前等我們了。

「狀況如何？」春日說。

「是森跟各位說的吧。就像她說的，門從內側反鎖，鑰匙和圭一先生同樣都在室內。附帶一提，沒有備用鑰匙。情況大致就是這樣。」

「就是這樣。」古泉出面註解：「可是我們沒有必要破門而入。大家只要朝沒有備用鑰匙的方向下去思考就行了。新川先生，鑰匙。」

新川管家伸出手掌，鑰匙就在掌上。

「這是本來就不存在的鑰匙。也請大家對它視而不見。」

古泉一打開門，春日就一個箭步踏了進去。

「嗨。」

舉手跟我們打招呼的正是圭一先生。在鋪好的被褥旁邊躺平的多丸兄，指著胸口說：

「我又被刺殺了。」

他的胸前插有匕首的刀柄。就是市面常見的，那種沒有刀刃的唬人小道具。

「是誰刺殺你的？」春日問。

「這我就無可奉告了。我畢竟已經是屍體了。死人是不會說話的。」

話一說完，圭一先生雙手一攤，在榻榻米上躺平。

「大家聽我說。」古泉再度開口：「請仔細觀察屋內。小屋的鑰匙就放在書桌上。當然這是圭一先生一開始就拿到的那支。換句話說，兇手並不是從門口出去。」

接著，他走近面向緣側的窗戶（註：日式傳統建築會設置名為「緣側（engawa）」的簷下廊道，作為房間與庭院間的緩衝空間）。

「這扇窗是關著的，但沒有上鎖。也就是說，兇手是從這裡逃出去。而且，屋外又積了厚厚的雪。」

古泉將窗戶打開來，我們紛紛朝庭園探頭看出去。

「我來說明兇手的逃脫路線。既然不是從門出去，兇手肯定是從這裡出去。在雪地上行走一定會有足跡，外面卻看不到那樣的痕跡。請看看窗戶上面。這座小屋四方都有突出去的屋簷，其下方也積了一層薄薄的雪。看樣子兇手是沿著屋簷下的雪地，也就是沿著小屋外牆離開犯案現場，回到迴廊的。」

我凝視古泉手指著的地面，接著又看看天空。雪花靜靜地飄落。

「兇手的足跡被不斷飄落的雪覆蓋了。照這樣的積雪速度看來……對了，先跟大家聲明一點，沒有三十分鐘以上是掩蓋不掉足跡的。」

古泉像是要取得全部人的同意似的。

「我的設定是如此，請各位見諒。雖然死者不會說話，但是我這個遊戲創造者起碼不會說謊。」

「哦～」

春日看看雪又看看古泉，臉色一沉，雙手抱胸。

「就這樣？」

古泉並沒有回答，只是用手指著棉被。在軟蓬蓬的棉被裡，看起來似乎有東西在動。難道是……

將棉被掀開來的是春日，然後她對著冒出來的那東東說：

「三味線？」

因為突如其來的光線瞇細了眼的，正是我家的貓。

我們又再度回到地爐就座。

森小姐和新川先生站在我們後面一動也不動，只有扮演死者的圭一先生已功成身退，現在大概在餐廳悠閒的享用熱咖啡吧。

「我來整理一下要點。圭一先生是兩點整進入小屋休息的。遇害的屍體是在剛剛被發現的，也就是四點三十分。兇手一定是在這兩小時半內犯案。小屋的出入門是從裡面反鎖，鑰匙在室內。我再重申一次，請大家當作沒有備用鑰匙。面向緣側的窗戶也沒有上鎖，可以想見，兇手是從那裡出去的。」

以上是古泉的狀況說明。

「從窗戶出去，想不留痕跡到達迴廊是不可能的事。沒有足跡就表示，兇手原本留下的足跡被飄雪給掩蓋了。」

古泉看著我妹抱著的花貓。

「再來，命案現場除了死者以外，三味線也在。現在請大家回想一下，在發現屍體和貓前，我們最後一次看到貓是在什麼時刻？」

我最後一次看到牠，是在古泉宣佈可以去上洗手間之後。當古泉從背包拿出春日純手工製作的懲罰遊戲繪雙六時，牠就在旁邊蜷縮成一團睡覺。

「咦？是嗎？」

春日手指戳著額頭。

「可是我這三小時，好像都沒看到三味線耶。牠真的在嗎？」

「我是有看到……」朝比奈學姊語帶保留，「呃，玩福笑遊戲時看過幾次。牠就躺在座墊上睡覺。」

「我最後看到牠時也是在睡覺！」鶴屋學姊說。「我站起來要去上洗手間時，看到小喵就縮成一顆球躺在上面。可是玩繪雙六時我就沒印象了！」

按照大家的證詞推斷起來，我好像是最後一個看到三味線的。換句話說，三味線在三點到四點半之間沒有不在場證明。

會是三味線在我們進行繪雙六遊戲時醒來，慢條斯理的出去逛逛了嗎？然後逛著逛著就逛進了圭一先生入住的小屋，窩進棉被裡打個小盹……

嗯？不可能。

「我不認為這隻貓會自行離開，去到小屋。」我如此主張。「先前牠光是在外面待一下下就冷到快抓狂了。看到雪也讓牠嚇一跳，再說牠也不可能自己打開主屋通往中庭的那道門。」

「說得也是。」

古泉輕輕點了點頭。

「可見是有人帶牠過去的。不是圭一先生，就是兇手。」

「不會是圭一先生。」

春日伸長了脖子。

「他說過他對貓過敏，雖然太過明顯，不過那句話的確是伏筆。簡直就是故意說的。」

「當然，那是這齣推理劇的設定。如果沒有這個設定，就麻煩了。也就是說，將貓帶到小屋裡的人一定得是兇手才行。這也算是一種提示。」

對於古泉的高論，春日舉手了。

「等一下。那假如是這樣呢？三味線三點前還在這裡，之後就行蹤不明。兇手最晚是在四點半以前離開小屋，可是雪要下到足以掩蓋腳印起碼要花三十分鐘，所以作案時間得往前回推到四點以前。這麼一來，兇手帶走三味線的時間點，就是在圭一先生遭到殺害的三點到四點之間的這一小時以內。」

有道理，的確。

「的確你個頭。真是這樣就太奇怪了。四點之後離開這裡的人就只有我和鶴屋學姊耶。可是我都和鶴屋學姊在一起，我也不是兇手，雖說阿裕先生很可疑，但是起碼要下三十分鐘的雪才能將足跡掩蓋，所以不可能是阿裕先生。」

有道理。

「有道理你個鬼！那樣一來，在場的這些人就統統有不在場證明了。因為在那一小時內，我們統統都待在這裡啊。」

三點開始的繪雙六遊戲，參加者有我、春日、朝比奈學姊、長門、古泉、我妹、鶴屋學姊及多丸裕先生共八人。從三點以前的休息時間到自由活動開始的四點，在場沒有一個人離開。

不知何時消失蹤影的，就只有貓。

「難道兇手是新川先生或森小姐？」

當下我們就決定把兩位僕人找來偵訊。春日用刑警的口氣問道：

「那麼，新川先生，你三點過後在做什麼？」

新川管家恭敬地行了一個禮。

「兩點過後我都一直待在廚房，收拾午餐用具還有準備今晚的晚餐和宵夜、和明天早餐的料理。」

「有人可以證明嗎？」

「如果我可以的話。」女侍裝扮的森小姐清麗的面容微微一笑。「我一直跟在新川身邊幫忙準備餐點。直到四點半去叫醒圭一先生為止，新川始終都沒有離開我的視線。」

「我也是。」新川先生說。「至少從三點到四點半之間，我確定森沒有離開過廚房半步，如

果我的證詞有效的話。」

「也就是說你們彼此互相作證就對了。」

春日點了點頭。

「可是，萬一你們兩人是共犯，就太可疑了。你們其中一人在替另一人作偽證也不無可能。」

春日閃閃發亮的目光轉向古泉像是要尋求一個解釋。

「那是不可能的。這起命案的前提是兇手單獨犯案，而且我設定新川先生和森小姐絕對不會做假證言。順便再告訴大家，這兩人不是兇手。我這個遊戲創造者的保證絕對不會有錯。」古泉說道。

「那麼，兇手會是誰？」春日好像很開心。「大家都有完美的不在場證明，殺害圭一先生的兇手不就沒有人了。」

古泉看起來也有點高興。春日確實搔到這小子的癢處了，他露出笑容：

「所以才要請大家動動腦，解開謎底。否則就不叫推理遊戲了。」

「首先要思考的，就是兇手為何一定要借助三味線。」

擅自當起司儀主持推理大會的春日，戳了戳妹妹懷裡懶洋洋的花貓鼻頭。

「不然就一點意義也沒有了。連貓的手也要借的兇手到底是想做什麼？」（註：這裡關係到一個日文諺語：「連貓的手也想借」，是忙得不可開交之意。）

假如這隻貓又開口講話，就是再好不過的證人了，起碼會是目擊證人。

「沒錯。我認為兇手一定有什麼三味線非得在命案現場的理由不可。」

這不用妳說我也知道。就是不知道那個理由是什麼才傷腦筋啊。

「貓、貓、嗯～」朝比奈學姊可愛的一邊自言自語，一邊將手放在額上。「貓、花貓、ㄈㄨㄚ。嗯～嗯，小貓咪、吃貓飯。」

似乎也推不出什麼道理。

觀察力似乎相當敏銳的鶴屋學姊，像糖果商的吉祥物一樣，吐舌、眼睛略微斜斜向上看（註：這是在影射不二家食品的當家花旦—牛奶妹PEKO），或許那是她在思考的表情吧。她就那樣擺出趣味的表情，雙手抱胸沉默不語。

說到沉默就想到長門。不過就現在這個狀況，這傢伙還是繼續保持沉默得好。我甚至敢掛保證，長門一定一開始就識破了古泉想的爛詭計。希望她在全部人都放棄推理的最終階段，再跳出來揭穿真相。

「三味線的不在場證明是關鍵的難題。倒不如一開始就沒看到牠……這是密室詭計吧？利用下雪造成的限時密室……嗯？」

自言自語的春日猛然抬頭，盯著古泉的微笑，打量阿裕先生老神在在的表情、接著又看向三味線愛睏的臉。

「限時密室……不在場證明……啊，我曉得了。」

春日突然轉向我。

「阿虛，說到不在場證明你會想到什麼？」

「刑警劇。」我一說出口，就開始反悔了，「呃……兩小時推理懸疑劇場。」接著衝口而出的這個答案更讓我無地自容。當我思考下一句該說什麼時，時間一分一秒過去。

「是詭計啦！」

春日自問自答。

「除了不在場證明的詭計還會是什麼！三味線就是兇手用來作為不在場證明的詭計。」

什麼樣的詭計啊。

「你稍微用用腦袋好不好！聽好了，三味線曖昧不明的不在場證明是在何時？」

三點過後到四點半。三點時是我在公共空間最後一次見到牠，四點半牠就被傳送到命案現場了。

「別管那個時間帶了。再想想更早之前的事情。」

三點以前？不就是在這棟別墅裡晃來晃去嗎？不對，等一下。

「古泉，你將那隻貓帶回來，是什麼時候的事？」

俊臉上的免費笑容，嘴角的角度似乎變得有些尖銳。

「大概是剛過兩點半。」

「從哪裡帶回來的？」

「廚房。」

古泉對森小姐微微一笑。

「是這樣沒錯吧？」

「是的。」

森小姐也微笑看著三味線。

「我在廚房清理善後時，這隻貓纏著我腳邊不放。我不敵牠的撒嬌，拿剩菜餵牠，但是牠越來越黏我……正好古泉先生經過，我就請他把貓咪帶回去。」

我想起來了，古泉曾說他要商討明天之後的流程，中途離席過。

「那時候是兩點半？」

對於我的質問，衣著樸素的女侍不知為何綻放一個會讓人不由得倒退數步的豔麗笑容。

「呃……好像是。我當時並沒有特意確認時間，所以正確時間是幾點幾分我並不清楚。但差不多是兩點半左右沒錯。」
「三味線從幾點開始就在那裡了?」
「兩點左右，我從小屋回來時，牠就已在廚房梳毛。」
原來如此，牠是溜到那裡去啦。逃脫我妹的魔爪在別墅內閒晃的我家花貓，在廚房跟森小姐要東西吃，兩點半左右又被古泉送回來，難怪一坐到電暖爐前的座墊就開始打瞌睡。
「這樣牠就有兩點到三點的不在場證明了。」
一小時的存在證明是嗎?從那裡到去小屋的這中間，三味線又看到什麼了?
「這當中一定有詭計。」
春日瞇細了眼，撫摸喉嚨。彷彿那麼做，線索就會自動跳出來似的。
「目前能確定的只有那一小時的行蹤，其餘時間都很曖昧。尤其是三點之後，貓咪的行蹤成謎。貓的不在場證明、三味線何時落入兇手的手裡……」
春日露出苦思的表情，我則是做做樣子附合她。我妹則是用不可思議的表情仰望著我們，阿裕先生只是微笑不語。他大概知道真相為何吧。畢竟他是頭號嫌疑犯。
「需要給點提示嗎?」
「再等一下。」
我制止古泉的發言，開始整理思緒。

圭一先生去別館的小屋是兩點的時候。

最後看到花貓是在三點，到四點半在圭一先生的房間發現牠時，誰也沒看到牠。

假設兇手是從窗戶逃脫回到主屋的話，就得在飄雪消弭足跡的時間內完成。行兇時間可推斷為三點到四點。

可是三點到四點的這段期間，包含阿裕先生在內，我們全體都待在開放式地板，誰也沒有出去。四點以後阿裕先生、春日和鶴屋學姊才離開。

嗯，好吧。我諒解的點了點頭。

「請給我們提示。」

古泉聳聳肩。

「我本來以為頭一個察覺的人若不是你，就是令妹。」

說完後，就閉口不語。

「你說什麼?」

這算是哪門子的提示。我和我妹還沒有春日和鶴屋學姊那般敏銳好不好。

「啊，我知道了!」

在春日之後提高音量的，是表情豁然開朗的鶴屋學姊。

「我知道了!春日喵!小喵的不在場證明就是兇手的不在場證明!」

鶴屋學姊以恍然大悟的表情繼續說：

「對對對，就是這樣！所以貓咪不在這裡就不行。不是任何地方都可以，也不是在小屋，而是大家都在場的這個公共空間。」

鶴屋學姊在說什麼，我一句也沒聽懂。就在我和朝比奈學姊愣住時，春日像是聽懂了，冷不防的發出高分貝。

「就是那個！對，就是那個！鶴屋學姊，NICE！也就是說，在那一個鐘頭內，貓一定得處在誰都看得到的狀態下才行。因為兇手不那麼做的話，自己的不在場證明就會破功。」

「沒錯！」

鶴屋學姊彈指發出很大的聲響。

「三味真正行蹤不明，不是在三點，而是在兩點半。三味沒有不在場證明的時段，不是一小時半，其實是兩小時！」

「這麼說來，行兇時間就得往前推三十分鐘。從兩點半到四點……不，是兩點半到三點之間的三十分鐘……應該說是，真正的行兇時間是在兩點半。沒錯吧？」

「沒錯！」

暫停一下好不好？妳們這興奮二人組自顧自的逼近了真相，教我們這些無所適從的腦殘集團情何以堪？我對目前的狀況一點也不了。

「你真遲鈍耶。阿虛，三味線從三點到四點半行蹤不明，接著又現身在命案現場的小屋，最困擾的是誰來著？」

我們吧。

「那麼，最有利的又是誰？」

沒有人吧。

「怎麼會沒有！將三味線帶到小屋關起來的可是兇手喔！對方會那麼做，肯定是有利可圖。我再問你，哪個部分對兇手最有利？」

春日的眼神充滿了挑釁，活像是真兇瞪著偵探的目光。

「啊——……」我說。「三味線之所以會在那棟小屋……就是兇手帶去的，所以三味線從我們眼前消失的時間就等同是行兇時間……」

「就是那麼一回事。」

啊？是怎麼一回事？

「你怎麼還沒搞懂啊！大家都那麼想，就是詭計的出發點。兇手就是要讓我們誤以為三味線沒有不在場證明的時間，就是行兇時間的時間帶呀！」

「三點過後到四點以前，全體都有不在場證明。」接力說明的是鶴屋學姊。「可是兩點之後呢？我們都被勸告不要離開這裡，事實上大家也真的都沒離開嗎？」

「這是因為兇手必須確保自己在兩點到三點之間有不在場證明。」春日又接著說。「所以必須製造出三味線都在這裡的假象。為什麼？這是因為三點到四點半，三味線的行蹤不明，反倒能確立兇手的不在場證明。因為三味線無法同時在這裡和命案現場出沒，所以牠在這裡的時間，會讓人覺得那不是兇手將牠帶過去的時間點。可是，最後看到三味線的人是你，當時是三點。所以兇手帶著貓咪去到小屋是在三點過後……兇手就是要讓大家這樣想，好掉進他預設的心理圈套。」

「這麼一來，兇手是誰就呼之欲出了。也就是兩點半前後不在場證明曖昧不清，三點前後又和小喵最接近的人！」

鶴屋學姊咯咯發笑。

「阿虛，你聽懂了嗎？要逆向思考。只要找出圭一先生兩點進入小屋，到我們破門而入的四點半，有機會行兇的人就好了。這麼一想，你會發現除了一個人，其他人都不可能。但是若將行兇時間定在三點過後，那個人也會有不在場證明。由此可見，我們弄錯的是行兇時間！」

春日也不服輸的綻開燦爛的微笑。

「沒錯沒錯。圭一先生是在三點以前被殺害的。三味線被帶到小屋去也是在那個時候。」

「慢著。」我問：「那我在三點時看到的三味線要作何解釋？還有朝比奈學姊看到的三點前都在睡覺的三味線呢？難道三味線會分裂？」

「阿虛，你還不懂啊？」

春日浮現得意的勝利笑容。

「我現在就說明兇手的行動給你聽。既然遊戲創造者保證森小姐和新川先生都不是兇手，也不會作偽證，那他們的證詞就不是重點了。」

看來還不明瞭的，就只有我、朝比奈學姊和我妹。

看到一頭霧水的我們，春日更得意了。

「兇手在兩點到三點之間離開了這個公共空間，抓住了廚房的三味線。然後就直接帶著三味線，走訪圭一先生位於小屋的房間。當時門有沒有上鎖並不重要，總之兇手進入房間，刺殺了圭一先生。然後將門從內側反鎖，留下三味線從窗戶溜到緣側。然後就一路從迴廊逃回主屋。當然是兩手空空。」

「慢著。」我又再度發問。「那我看到的三味線是什麼？躺在電暖爐前面的座墊睡覺的三味線又是哪來的？」

「所以說那隻貓，根本就不是三味線。」

春日看了鶴屋學姊一眼，確認鶴屋學姊的表情也是深表贊同之後——

「就理論上來總結，兇手只有一個，而且那個兇手可以單獨行動的時間就只有兩點半前後的幾分鐘，其他人不管在哪個時間帶都不可能有機會往返主屋和小屋。不管提出什麼樣的不在場證明，那個人就是兇手。至於要如何破解他的不在場證明，我已經推理出來了。假設三味線在兩點半前後確實行蹤不明，那你所看到的三味線如果不是冒牌貨，就說不過去。」

鶴屋學姊伸長了脖子。

「這樣好了，阿虛，我問你。你在兩點半到三點之間看到的三味，真的是三味嗎？」

被她這麼一問，我頓時張口結舌。因為我看到的可說是貓的背影。被抱進來的花貓，還有背對著我睡在座墊上的花貓都是。我看到的都不是正面。

可是，冒牌貨？哪來的冒牌貨？難道說，三味線的複製貓已在某處被秘密開發出來了？

「我哪知道。」春日怡然自得的回答。「我說過了，這是理論上的總結。自兩點半到三點，躺在那個座墊上睡大頭覺的花貓不是三味線。也不可能是三味線。可能是複製貓、可能是布偶貓、也可能是極為相似的花貓，總之不是你家那隻花貓就對了。」

「春日喵，大家應該都知道兇手是誰了，乾脆公布兇手名字吧。不然後面無法進行下去。」

鶴屋學姊開心地提出意見，春日對此輕輕點頭表示贊同。

「也對，尤其是阿虛，再不公布答案，恐怕他這個寒假都會在這件事上打轉。預備——一起公布吧？」

「也好。這起命案的兇手就是——」

宛如雙連發速射砲的搭檔演出，春日和鶴屋學姊齊向某位人物微笑，呼吸一致的指名兇手……

「古泉！」

就像是被名聞遐邇的賞金獵人搭檔用溫徹斯特連發槍抵住的懸賞要犯一樣，古泉雙手高舉。

「沒錯。」

邊說邊露出微微的苦笑，死心的說：

「我就是兇手一角。本來想讓各位再多花點時間思索的，結果還是敗在涼宮同學和鶴屋學姊兩人聯手下。」

春日笑著噘起了嘴。

「為什麼你不讓我們在三點時自由行動，而是四點呢，因為那麼一來，兇手的鎖定會更花時間。」

「沒有錯，那正是為了讓各位難以鎖定兇手的措施。」古泉開始解說：「萬一你們當中有人在三點過了五分鐘以上——這是小屋和這裡的平均來回時間——也就是在那個時間點發生了落單的狀況，就會變得很難將那個人從嫌犯名單中惕除。換句話說，會造成兇手很容易脫罪的狀況。既然如此，不如讓全部的人都無法成為嫌犯，所以我才下了那樣的決斷。否則這遊戲會太難玩。」

瞧你講得頭頭是道，你該不會只是剛好沒想到吧？

「你把三味線的替身藏在哪裡？」

「我的房間。那是我事先請新川先生幫我帶進去的，所以不構成幫兇的條件。因為在劇情設定上，替身貓是我自己運進去的。」

古泉臉上的表情活像是下班時間即將到來的苦力工讀生。

「我是趁行兇後，從小屋回到這裡前去房間抱出來的。後面的事，你們就曉得了。」

原來兩點半過後，古泉抱來的是替身貓啊。可是——

「那隻貓呢？」我又再度發問。「那隻冒牌貓上哪去了？我最後看到的那隻到現在連個貓影子都沒有的冒牌三味上哪去了？牠也消失得太剛好了吧。」

古泉像是死心了似的給春日使了一個眼色，本團團長旋即豪邁地跨步走出去。走到地板一隅，電暖爐設置的角落。

「阿虛，好好回想當時的情景。你看到睡在座墊上的花貓時，旁邊就是古泉吧？古泉將繪雙六從背包裡拿出來，交給你是吧。於是你就拿著繪雙六回到地爐，我們的注意力也全都在你手上。古泉就是趁那個時候，將睡著的貓咪快速塞進背包裡。所以……」

春日將電暖爐暖風吹拂下、豎立在牆邊的背包拿起來。

「牠現在應該就在這裡面。」

將背包口倒過來，就如她說的，有顆毛球般的物體掉了下來。

「三味線？」

那隻貓和三味線真的好像，像到我不禁脫口而出。不管是體型或是姿態，儼然就是三味線的拷貝。唯一最大的不同，就是那隻貓是母貓。公花貓世上少有，至於為何少有，回去問你的生物老師。

那隻冒牌三味線先是呆坐在地板上，後來就豎起尾巴，朝我妹走過去，嗅了嗅她手上抱著的三味線的鼻頭。我家的花貓先是用圓滾滾的眼睛凝視著母貓，接著就掙脫我妹的手，鼻頭緊貼著對方的尾巴，然後兩隻貓就開始追逐彼此尾巴，轉個不停，十秒後牠就得到了粉拳的報酬。

「喂！三味！」

喉嚨咕嚕咕嚕叫個不停的三味線被我妹一把抱起，母花貓東張西望了好一會，不知為何就跳上長門的大腿，蹲坐了下來。

「……………」

長門面無表情的落下視線，和抬頭看著自己的貓咪催促的目光四目相對，最後小心翼翼的伸出了手。

似乎對長門拍撫背的手感到很滿足，冒牌貓閉上了眼睛、蜷縮成一團。的確是很像，但還

是有點不同。好歹我也和三味線生活了兩個月，足以讓我輕易分辨出自家的貓咪和別隻貓咪的臉──

「所以你才說，你本以為我和我妹會是頭一個發現不對的人？」

「是的。你跟過來時我真的嚇出了冷汗。要是你發現了，我打算偷偷告訴你真相，拖你下水當共犯。但是仔細觀察你的表情，你似乎完全沒有發現。」

不好意思啊。這句道歉是對三味線說的。

「說到最辛苦的，就數尋找那隻貓最辛苦了。」

以下是領隊古泉的補充說明。

「和三味線一模一樣的花貓，實際尋找之後才曉得並沒有。我以前以為花貓每隻都是一樣的，看來是我太天真了。跑遍全國，好不容易才找到一隻相像的野貓，但相似度又不是百分百。沒辦法，只好暫時將部分毛髮染色。可是，準備工作並未結束，還必須教牠才藝。」

牠會需要什麼才藝？

「就是狗狗首要的才藝──『等待』。要是牠擅自出來逛大街就前功盡棄了。所以要教牠在我下指示前，專心一意裝睡的才藝。在座墊上的三十分鐘，然後在背包中待一個半鐘頭，這當中牠要是叫了或動了就頭大了。」

古泉感觸良多地搖搖頭。可以學會這項才藝，那隻貓肯定有蘊藏成為天才雜耍貓的潛能。

教古泉學會如何催眠貓搞不好還比較容易。

「我將那隻貓取名為三味線二號。通稱三味二。因為我實在想不到其他的好名字了。」

說完令人費解的藉口，古泉清了清喉嚨：

「推理劇到此落幕。涼宮同學和鶴屋學姊雙雙答對了，理應雙雙獲獎。稍後我就將獎品奉上。」

古泉緩緩地行了一個禮。

「這次的餘興活動到此結束。感謝各位的鼎力相助。特別是提供別墅的鶴屋學姊、扮演死者的多丸圭一先生、客串誤導角色的阿裕先生、以及在各方面都幫了我們不少忙的新川先生和森小姐，在此致上本人衷心的感謝。謝謝大家配合演出到最後。」

春日和鶴屋學姊像猴子一樣開始拍手，我妹也跟著拍，臉上表情似乎還不明就裡的朝比奈學姊也依樣畫葫蘆，看到有隻貓坐在膝上的長門也無聲拍手起來，我只好也動動我的手。

辛苦了，古泉。

獎品是電鍍加工過的小小獎座。上面有隻風格很漫畫的倒立貓咪，仔細看有點像三味線，但是高舉獎座的春日和鶴屋學姊已經肩併肩擺出V字手勢，我也只好幫她們拍照留念。三味線一號和二號也同時入鏡。

過了一會，森小姐和新川先生提早送來過年麵，春日和鶴屋學姊立刻舉箸豪邁的大吃特吃，旁邊的古泉卻連筷子動也沒動。對了，我好像沒見過這小子狼吞虎嚥的模樣喔。（註：日本除夕夜的習俗是吃過年麵（漢字寫作「年越蕎麥」）象徵「長壽」。）

「這回的短劇，你覺得如何？」

罕見的是，即使在昨天的幻夢館，古泉也沒有用如此不安的笑容詢問我的意見。雖然我一點也不想奉承他的自導自演——

「還不就是那樣？」

我將加了高湯的沾麵醬汁配長蔥喝下去——

「春日的心情和平常一樣好。這樣你就該滿足啦。」

「聽你這麼說真是太榮幸了。我的腸枯思竭總算有了代價。畢竟這次的推理劇原本就是為了取悅涼宮同學才上演的。」

你是取悅了她，卻糊塗了我。和我同樣想不透的還有朝比奈學姊，不斷在記事本上循線推理：

「這隻是兩點那隻，那隻是三點那隻，貓咪在場時是兩點到三點……還是兩點三十分？不對不對，貓貓喵喵。」

我以困惑不已的表情一口接一口吃著蕎麥麵。最最想不透的當數我妹了，但她卻露出什麼都不想過問的表情，開心的直扒著蓋飯吃。

看到仍然坐在長門膝上持續在等待狀態的母花貓恢復本來的食慾，讓我鬆了一口氣。不管怎麼說，大家都一如往常才是最重要的，至於和平常不太一樣的古泉卻一直在博取同情：

「自從冬季合宿被提案出來後，我的心思就全被這件事給佔據了。託大家的福，現在總算是解脫了。我不愛當兇手，也不是計畫犯罪的料。偵探的角色我也樂意讓賢。最適合我的只有解說員。」

我倒是認為解說員的角色差不多該廢了。只要沒出現需要你滔滔不絕解說下去的事態就好

——此時，一個想法閃過我的腦海！

「這回的殺人劇不用實際演出也可以吧？因為全是照著你的設定走啊。既然如此，編成問題冊發給大家解謎不就得了？」

古泉的表情活像是有麵哽在喉嚨似的陷入了沉思，然後發出了偶然被擊中頭部、血流不止，被醫生宣告中止比賽的拳王挑戰者的聲音：

「……或許是這樣沒錯。」帶點不服輸的意味。

「對了，古泉。」

春日一邊向森小姐要求過年麵續碗。

「明年的夏天也拜託你了。孤島和雪山我們都去過了，下次的舞台最好是更弔詭一點的。就去有怪名稱的地方吧。哪裡都好，外國也無所謂。對了，城堡如何？用石頭建造的古城再適合不過了。」

春日將我和古泉的心願同時強制廢棄，手拿著筷子像指揮棒那樣甩來甩去。

「我知道一個好地方！我爸有個朋友在國外有城堡！」

鶴屋學姊不「符」眾望，立即附和春日。這下可好了，春日比往常更加興高采烈。

「聽到沒有？大家暑假前要把護照辦好喔，可以吧！」

我和古泉面面相覷，不約而同唉聲嘆氣。我們心照不宣，彼此絕對抵擋不住春日和鶴屋學姊搭檔的雙打。畢竟我只是負責讓春日死心、放棄轉戰海外的小角色，古泉也只是有備無患的SOS團專屬劇作家。對付來路不明的敵人說不定都比這對金剛姊妹花好應付。

看來再不想想辦法，哪天SOS團就會生出一個海外分部了。但願不會演變成完全無法應付的事態——我貧乏的語言能力在耳朵深處自言自語。

像今天這樣完全沒看電視的除夕，搞不好是人生頭一遭。

這次的繪雙六第二戰，包括森小姐他們全員一起參加。爽到春日卻艱苦到我，不知不覺已到了晚上，豪華晚宴和暢談的時間也已結束，東家長西家短之際已近半夜，回過神來才發現今年已進入尾聲。

「明天一覺醒來，就舉行新年揮毫大會（註：日本新年習俗，初一上神社參拜祈求好運，初二揮毫寫下抱負）和雪地羽球大賽。」

起碼讓我們吃點雜燴湯不為過吧。（註：日本年菜之一，和年糕一起煮的雜燴湯。材料依各地民情而定。但意思是要大家一起分享供奉神明的供品。）

「那是當然，那可是新年期間一定要做的。雖然我們等不及先玩了福笑。」

春日凝視著牆上的時鐘。

「不去拜拜的話就糟了。」

不會糟到哪去的。就算神佛的度量再大，祂們也不會希望妳去參拜的。我們拍攝電影出外景的那間神社恐怕也早已發出公告，禁止我們出入了吧。

「你在胡說什麼。難得身在集世界宗教於大成的國家，沒有將所有的例行活動做完，豈不是虧大了。再說聖誕節都慶祝了，新年哪有不慶祝的道理。這就好比訂了滿漢全席，卻只看看餐具就走人一樣浪費。所以，新年參拜絕對不能缺席！」

那，何不乾脆在別墅庭園口做個雪洞，設置功德箱和祠堂？當然雪洞裡供奉的會是巫女裝扮的朝比奈學姊。這樣不用特地跑去既有的神社參拜，我也有自信膜拜一整夜。過不久還會有許多信徒慕名而來，香客絡繹不絕，功德箱裡的香油錢自然也不會寒酸到哪去。

「笨蛋！」

春日摟住朝比奈學姊的香肩。

「雖然巫女裝扮很難割捨，但我還是想看實玖瑠穿長袖和服！不過等合宿結束、回到家後再看也可以！我們去參拜現成的廟寺佛閣吧！啊，有希當然也要穿！還有我。」

朝比奈學姊的耳垂被春日咬得泛紅，她看了看時鐘，點點頭。

「大家，時間到了。」

我們在春日的指揮下，圍成圓圈坐下來。ＳＯＳ團五人就不用說了，鶴屋學姊也成了圓圈的一員，她的旁邊坐的是我妹和兩隻貓咪。多丸兄弟、管家及女侍等臨時湊成的四重奏也應春日之邀加入。這些人行不行啊？萬一沒弄好，可是會被當成榮譽團員使來喚去喔。

可是，大家並不把我的擔心當一回事，每個人臉上都掛著各異其趣的笑容。那是一定的，因為我知道在這時候還愁眉苦臉的話肯定是寒盡不知年的人。所以我也沒什麼好抱怨的。

在春日一聲令下，我們深深的一鞠躬，異口同聲說出那句慣用語。

那是年復一年都玩不出新花樣，可是用別句話代替又怪寂寞的，以五、五、五型式成型的句子。（註：此指日文的「あけまして・おめでとう・ございます」。意思是「祝你新年快樂」。）

即使寒假的風波不斷，和買彩券的零報酬率差不多同樣在意料之中，也終告劃下句點。就在我們不情不願前往無關乎季節的天寒地凍，只在於工程的粗製濫造，使冷度更上一層樓的我們學校校舍上學後不久。

姑且不去深究是不是世界暖化效應讓積雪的光景不復以往，光是從室內裝設的暖氣要暖不暖的，就足以讓人懷疑教室是不是比南極基地還要寒冷。想到在畢業前都得被迫與它為伍，我再度打從心底對當初自己的識校不明感到羞恥，可是來都來了，又能怎樣？

今天的放學時間，我也是無所事事，只好朝位於社團大樓一隅的ＳＯＳ團根據地前進。

原本是文藝社社團教室的舊館一角，這一年來逐步被蠶食鯨吞，成了ＳＯＳ團的總部。再沒有比這更能解釋何謂鳩佔雀巢的實例了。雖說全校的師生好像都忘了文藝社的存在，加上唯一的文藝社員都不置可否了，我想替她申冤也沒有題材發揮。既然我都不在乎了，春日更不可能在乎。

不管怎麼說，這裡就是我課外活動時間的容身之處，我似乎也只能來這裡。偶爾想曠團一天，但是只要想到隔天在教室等候的，是坐我後面的那女人在課堂上不斷對著我的後背發射殺人光線，再強的念頭都會煙消雲散。畢竟風險計算到最後是反求諸己。只是這樣的經驗談對人類走向正確的道路是否有幫助就不知道了。

在那樣的思慮下，走到社團教室門口的我習慣性的敲了敲門。沒先請示就開門會有相當大的機率見到天堂般的景象，但我寧可多做這個動作，也不願那樣的事態發生。

換作是平常，都會聽到一聲大舌頭般的「是」，猶如降臨凡間的天使、妖精或是精靈所扮演的義工般清麗的美少女學姊，巧笑倩兮的為我開門，幾乎可說是每天放學後必經的儀式。

「——」

等了許久，仍然沒人應答。

由此可推理得出，室內沒有天使也沒有妖精和精靈，喜歡類比式遊戲的玉面郎君笑面虎也不在，就算有人在也會是那位保持緘默、不動如山的閱讀狂。春日也不在，這點我敢用次於生命的寶貴東西作擔保。

於是，我就毫不客氣的握住門把，像是在開自家冰箱似的輕鬆自若的打開了門。

當然，春日不在、古泉不在、居然連長門也不在。

但是——

朝比奈學姊卻在。

女侍服藏不住惹火身材的嬌小二年級生，楚楚可憐的側臉、手持掃帚坐在鋼管椅上，臉上的神情不知為何有點心不在焉、若有所思在發呆的，正是我們敬愛的朝比奈學姊沒錯。

怎麼了？空氣中漂著一股不相稱的氣氛。

她好像完全沒有發現我已進來，整個人的視線放空，緩緩的嘆了一口氣。連那麼慵懶的動作，不管重拍多少次都美得像幅畫的美人兒，真好。

我欣賞了好一會兒，才出聲叫她。

「朝比奈學姊？」

效果立竿見影。

「咦？啊。哇！是！」

跳起來的朝比奈學姊用驚懼的眼神看著我，以半起半坐的姿勢，將掃帚抱在身前。

「啊啊。阿虛……你什麼時候來的……？」

什麼時候來的，我有敲門啊。

「咦。有嗎？討厭，人家完全沒聽到……對、對不起。」

學姊似乎感到很難為情，臉頰羞紅，慌了手腳。

「我在想……呃，事情。討厭，真是的。」

她將掃帚收進掠奪來的清潔工具置物櫃，重新抬頭看我。這次的眼神也很棒。總之學姊什麼都很棒。朝比奈學姊萬歲。要是沒時時提醒自己，一不小心就會衝過去緊緊抱住學姊。我想

那麼做想得不得了，幾乎到了不那麼做就不行的地步。既然到了這個地步，就做吧。不不，還是先想想後果。就當惡魔和天使在我的腦內進行的壯烈肉搏戰即將分出勝負之際——

「涼宮同學呢？你們沒有一起來嗎？」

短短一行文，讓我的意識頓然清醒。糟糕。差點就要演變成世紀大災難。我故作鎮定，將書包放在長桌上。

「那女人今天值班掃地。現在大概在音樂教室大肆散播灰塵吧。」

「這樣啊……」

對春日的所在位置似乎興趣缺缺，朝比奈學姊閉上了櫻唇。

即便是我也看不透她的心思。今天的朝比奈學姊很明顯不太一樣。平常在社團教室都會綻放有如一朵向日葵般的笑容迎接我（其中當然多少包含了我自己的妄想）的未來人，眉清目秀的面貌、柔軟的髮絲及甜美的氣息，今天卻充滿了倦怠感。

面帶憂愁的朝比奈學姊面對著我孤零零的站著，沒做什麼事，只是十指交纏抬頭看著我，看似有什麼煩惱難以釐清。說來遺憾，那並不是在煩惱如何進行愛的告白。對於朝比奈學姊這樣的態度，不用仰賴過去的記憶，檢索結果就自動出來了。和去年七夕我（第一次）莫名其妙被帶往三年前的那起事件，朝比奈學姊拜託我一起回溯時間的那個時候，有種微妙的酷似。

那之後過了半年，朝比奈學姊的可愛度更上一層樓，而我依舊是個難過美人關的笨蛋，雖然那或多或少都和春日與ＳＯＳ團的狀況有關，「算了，這樣也好。」我也已習慣如此自我安慰。不管朝比奈學姊說了什麼，我都不會太驚訝，當然也不忍心拒絕。

當我專心一意進行將朝比奈女侍的朱顏烙印在視網膜上的作業時，她好像終於下定了決心。朝比奈學姊嬌豔的雙唇微啟：

「阿虛，那個……我想拜託你一件事……」

喀嚓。

教室的門板響起了最低限度的聲響，咻～地滑開了。反射性回頭的我，眼簾映入了撲克臉短髮女淡淡進屋的模樣。

長門機械化的關上門。

「…………」

朝我和朝比奈學姊看了一眼，以像是明白自己走錯了地方的地縛靈那樣的步伐，一語不發走向老位置。

面無表情地在椅子上坐好，立刻從書包拿出文庫本攤開。或許長門對站在社團教室面面相覷的我和朝比奈學姊的行徑有特別的感想，但是她對那本作為文庫本太厚，書名又讓人頭痛的書，似乎比較有興趣。

姑且不論誰先反應過來，朝比奈學姊的動作遠比我刻意許多。

「啊，對了。泡茶，我來泡茶。」
彷彿在主張她正要那麼做似的，提高了音量，慌慌張張跑向水壺。
「水、水。」
抱著水壺又急急忙忙的打開單門冰箱。
「哎呀……沒水了……沒關係，我去提水。」
就在她急急忙忙衝出教室時，我制止了她。
「我去提吧。」
我把手伸向學姊拿著水壺的那隻手。
「外面已經夠冷了，妳再穿那身裝扮出去無異是在荼毒其他學生的眼睛。沒必要讓閒雜人等免費欣賞。飲水間就在樓下，我用跑的去……」
聽到我這麼說……
「啊，我陪你去。」
朝比奈學姊看著我露出了深怕被遺留下來的雨天棄貓的眼神。好可愛。可愛歸可愛，也是很傷腦筋。她到現在還不習慣和長門獨處。差不多也該打破隔閡了吧。可見未來人VS外星人也是看對象在相處的。
但是她絕對沒有惡意。既然朝比奈學姊寧可跟我去外面提水也不願跟長門待在室內，就算我朝地底一路挖到了莫荷不連續面恐怕也挖不出拒絕的理由來（註：莫荷不連續面是地殼和地函的分界線。1909年由克羅埃西亞的地震學家莫荷（A・Mohorovicic）所提出），挖得到就驚人了。除非對象換作是春日，不用挖，它自個就從地底鑽出來了。幸好春日不在場，否則我就得挨自動鉛筆的戳擊了。

我搶過水壺，邊哼歌邊思考要往哪一邊取水，滑步走向舊館的走廊。

「啊……等等我。」

女侍裝扮的朝比奈學姊跟了上來，活像緊跟著父母不放的小貓。

像這樣肩並肩走在一起，儘管不是自己的功勞，我也不禁有點自鳴得意。雖說幫朝比奈學姊塑造外貌、體型、個性的最大功臣都不是我，但是據我所知有幸體會這種若有似無的碰觸感的幸運兒就只有我一個。

洋洋得意之餘，剛才對怪怪朝比奈的疑惑已全然拋到腦後。因此——

「阿虛。」

在飲水間開自來水裝入水壺時——

「這個星期天你有空嗎？我想請你和我去一個地方。」

聽到表情認真的學姊如此要求，我內心的驚訝程度用當代現有的計數器也無法計測，在那一瞬間，我連這個星期天是幾天之後也全忘得一乾二淨。好不容易才擠出聲音來：

「當然有空。」

就算當天有事，在朝比奈學姊盛情邀約之下，月曆上任何被紅筆圈起的日子也會變白。即使她約我在二月二十九日在某處見面，儘管不是閏年，我也會在當天準時赴約。

「是的，我有空。」

努力將回應彈出去後，些許迷霧在心中裊裊升起。

——對了，我以前好像也接過類似的邀約哦？

可是，上一次是去到三年前。再怎麼說常常做時光旅行的話也是會膩的。話再說回來，那也不是能常常做的旅行。偶一為之會覺得很新奇，常去的話也是輕鬆愜意——不起來——老在現在和過去之間來來去去，胃口也是會被養大的。

「不，請你放心。」

朝比奈學姊無意識的玩弄著水壺蓋，眼皮垂了下來，看著從水龍頭竄出來的水流。

「這次不是要到過去，也不是要去未來。其實，我只是想去百貨公司買茶葉。阿虛，你肯陪我一起去選購嗎？」

然後學姊的音量壓得更低，食指按在櫻唇上。

「這件事別跟大家說……好嗎？」

當然，我胸中頓時又生起了再厲害的自白劑都抵抗得了的自信心。

接下來到星期天這段期間，從來沒有覺得一分一秒如此漫長過。為什麼時針那傢伙越瞪著它，它就像故意似的走得越慢？它是不是趁我不注意時偷偷休息去了？我將鐘搖了搖，秒針的轉圈速度還是沒有加快，我體會著人們面對漫長時間的無力感，一味過著索然無味的生活。

不管怎樣，這次是和具有未來屬性的人無時間移動關係的外出。純粹只是去選購茶葉。我也稍微沉思了一下。不用說，我不認為朝比奈學姊是自己一人就無法買東西的溫室花朵，她也沒有優柔寡斷到連買個茶葉都得假他人之手才能做決定。就算學姊奉上品質再差的粗茶，我也會欣喜若狂的一飲而盡，再說ＳＯＳ團也沒有舌頭刁到對味道挑剔至極的老饕。

那麼，學姊為什麼要約我呢？而且還神秘兮兮的。

星期天，兩名年紀相仿的男女相偕出門。

也就是說，是一般人所謂的約會？嗯，除此以外沒別的了。就是那樣。是約會沒錯。就如我想的，選購茶葉單純只是藉口。不然幹嘛那麼神秘，直接跟我講不就得了？不，這樣才好。不然就不像朝比奈學姊的作風了。

於是，到了當天，也就是星期天。

我踩著腳踏車飛也似的疾駛前往約定的車站前面。足下的愛車似乎也感染了我的心情，沒裝馬達，踏板卻輕快的迴轉著。說這是我加入ＳＯＳ團之後心情最豁然開朗赴會的一次也不為過。因為這次是很普通的出門。既不是被封閉在稀奇古怪的異空間裡，拿到的也不是前往過去的單程車票，更不用和外星人在客廳進行禪問答。

除非等在車站前頭的是大人版朝比奈，而且還是用別有含意的微笑站在那裡等我，那就又是另一回事了。

我好歹也具有高一學生的平均智商。加上過去的經驗，多少也預測得到未來會朝哪個模式發展。朝比奈（大）也是模式之一。我預料她在未來的某一天又會出現，就算那就是今天，我也不會覺得驚訝。

「不行不行！」

我勉強將腳踏車擠進電線桿的陰影，自顧自地嘀咕起來。

我連想法都偏向內有隱情了，再這樣下去就算真的出事了，我也不會被嚇到。可見我被負面思想茶毒得多淒慘。發生該驚奇的事卻一點也不感到驚奇的傢伙，就只有頭部的螺絲彈脫了好幾根的人。我想當個正常人，起碼是精神維持在正常狀態的人。雖然為時已晚，但是該笑的時候還是該露出微笑。

於是，我努力堆出滿面笑容。

今天獨自佇立在ＳＯＳ團御用集合地點的朝比奈，正是我最心愛的那個版本。

在假日多了五成的人潮中，揮著一隻小手對我打招呼的她，那副模樣直教人雙腿癱軟。柔弱但很有女人味的打扮，髮型也和平日不同。像是早熟的女生一鼓作氣想變成漂亮的女人。諸如此類的微妙變化，讓我感動得幾乎熱淚盈眶。

在穿得暖烘烘的朝比奈學姊面前急速煞車的我，露出在鏡子前練習了無數次的古泉牌爽朗笑容。

「抱歉，讓妳久等了。」

雖然離約定時間尚有十五分鐘才到。

「不不……」

雙手掩口不住呵氣的朝比奈學姊眼角舒緩了下來。

「我也才剛到……」

接著柔柔的一笑。

「好，我們走吧！」

頭髮輕快的搖了搖，踏出第一步。

看著將栗色長髮綁起來的朝比奈學姊的粉頸，讓我有股難以名狀的感動，我就像個在家世顯赫、但受動亂波及只好浪跡天涯的公主身邊，忠心耿耿護衛的騎士那般走著。

朝比奈學姊的步調配上臉蛋，感覺年紀就很小，小到連我也很懷疑她真的有比我高一個年級嗎？她的步伐和我妹有得拚，都很孩子氣。看著她那和高二生的自稱兜不起來的步伐，胸中沒來由湧出一股保護慾，不時擔心回頭看我的大眼中也有著難得的感慨。

畢竟我現在的行為就各方面而言有其特殊涵義。和平日窩在社團教室被春日、長門及古泉團團包圍，在那般異常的空間裡莫名手忙腳亂、憂喜參半的我比起來，可說是有如天壤之別。

這裡只有我和朝比奈學姊兩人。而且是瞞著其他人來的。暴君團長、萬能外星人、受到限制的超能力者都不在身邊。真新鮮。

我真想用全力大聲宣言。決定和朝比奈學姊單獨出遊，是再正確不過的判斷。

老實說，我真的很開心。和北高數一數二的大美女學姊並肩走在一起的榮譽相比，就算將紫勳獎章丟進排水溝當鯽魚的飼料也不可惜。反正會頒與我勳章的國家也不見得文明到哪去（註：紫勳獎章是授與在學術、藝術上有發明、改良、創作等功績卓著的人的獎章。緞帶是紫色的）。

我們前往的地方，是車站附近的百貨公司。

我不時也會陪家人來這裡購物。這家百貨公司主要是以衣物和食物賣場為主，也設有大型書店，不過那是長門的領域，和我無緣。果然，朝比奈學姊帶我走向了地下室的食品賣場。

一整排的收銀機最裡面就是我們的目的地。專門販售茶葉的茶行，架上陳列了各式各樣、色彩繽紛的日本茶。

「您好。」

朝比奈學姊可愛的打招呼，店裡大叔的臉瞬間就像是加熱的天然瀝青一樣融化開來。

「妳好，感謝妳再度光臨。」

看來學姊已成了這家店的老主顧，和老闆混得很熟了。

「嗯——要買哪一種好呢？」

朝比奈學姊自言自語，以認真的眼神目不轉睛審視寫有定價和茶葉名稱的手寫海報。

想當然耳，我的茶水知識沒有朝比奈學姊好，因此也無法給她建議，只好在她身旁聞著各種聞不慣的香味，弄得鼻子直發癢。

一涉及茶葉，態度就變嚴肅的朝比奈學姊，和大叔熱心討論著乾燥的次數怎樣又怎樣、烘培的時機如何又如何，我就像是收割後的稻草人無所事事的枯站著。

ＳＯＳ團裡唯一有在品茶的，除了我大概就沒別人了。春日那女人只要是倒入茶杯的有色液體，就算是雙氧水也會一口氣喝掉，長門那傢伙有沒有味覺尚待證實，古泉那小子則是從來沒發表過評論。

而我則是早就做好心理準備，只要是朝比奈學姊泡的，就算是毒人蔘茶，我也會一飲而盡。惡法亦法（註：「惡法亦法」一語出自被處以服毒之刑的希臘哲學家蘇格拉底臨終前和到大牢裡探監的學生的辯論）。喝了之後再向特定的某人求救，應該就能撿回一條小命。

在選購上無法給予建議的我，只得繼續杵在店門口，扮演嚴選茶葉的朝比奈學姊的小跟班，在學姊好不容易下定決心，購買商品名好像叫作「上級仙人」的煎茶之前，我都在門口站衛兵。

「難得出來一趟——」

朝比奈以比往常還要客氣的神情仰望著我。

「要不要來喝茶？這裡的糯米丸子很好吃喔。也可以請店家幫忙沖泡剛買的茶葉……」

這家百貨公司地下店面裡頭設有桌椅，算是設備較為簡陋的茶館。就算太陽內部的氦全部燃燒殆盡（註：氦元素（helium）是僅次於氫，宇宙間第二豐富的元素。太陽的質量中約有75%的氫，25%的氦），我也想不出有什麼理由可以拒絕。我興沖沖的跟著朝比奈學姊，坐進店家設置的桌椅，點了糯米丸子和香氣薰人的茶。

此時有件事，讓我滿掛念的。

朝比奈學姊似乎很在意時間。眼睛不時看著手錶，心神似乎很不定。但是她的動作又很自然，不像是故意做給我看的，反倒像是很怕我察覺，不過很抱歉，我還是看出來了。因為學姊不只看了好幾次時間，還不時在嘆氣。說她沒有心事就太扯了。

「這丸子真好吃。茶也很香。不愧是朝比奈學姊千挑萬選的茶葉。哎呀，真的很好喝。」

儘管如此，我還是假裝沒發現學姊的心神不寧。對於體貼至此的自己，我都忍不住想誇獎自己了。

「嗯……」

朝比奈學姊吃丸子吃得兩頰鼓鼓的，緩緩低下頭，又在看手錶。

我突然有種預感，山雨欲來風滿樓的預感。

沒錯，整件事從一開始就很可疑。我今天和即使穿了可愛到不行的冬裝，還是掩不住婀娜多姿好身材的北高未認證校花一起出遊，可是足以在校舍的屋頂向全世界高聲吶喊的大事一樁啊！

我喝下茶杯的茶，隨著熱熱的液體緩緩流入胃部，我心中的疑竇也漸漸冒出。

一定內有隱情。

從各種情況證據研判起來，SOS團唯一的學姊——朝比奈實玖瑠確實是未來人沒錯。她是基於某種緣由才來到現代。至於為何莫名其妙成了SOS團的吉祥物，全是迫於春日的暴政，絕對不是她原本的職務。

沒錯。監視春日是她的平常業務，偶爾帶著我在過去和現在之間來來去去，為錯綜複雜的事件解套，是上級指派給她的特別任務。怎麼想那都比較像是她的真正要務。

今天也是有要務在身嗎？選購茶葉只是替之後要上演的新事件串場的前戲嗎？朝比奈學姊早就知情了？這麼說來，她那沒啥把握的表情和言行就解釋得通了……

吃完糯米丸子要結帳時，朝比奈學姊堅決拒絕由我付錢。

「沒關係，今天是我約你出來的，理當由我付錢。」

不，就算是這樣，我也不能輕易讓學姊破費。

「真的沒關係。因為每次都是你請我們啊。」

那是因為春日擅自訂下了最後一個來到集合地點的人要請全部團員吃東西的罰錢制度，也不知道為什麼，每次最晚到的都是我，最後就演變成付錢的都是我這種只有在ＳＯＳ團才看得到的惡習。可是今天的狀況和以往不同，是難能可貴的雙人出遊，錢包裡的現金也會認為今天的帳單格外有意義，迫不及待想出場吧。

「求求你。」

朝比奈學姊懇求似的看著我。

「這筆錢請讓我出。」

學姊的表情相當真摯，我無意識的點了點頭。

之後，從百貨公司出來的我和朝比奈學姊，站在嚴冬的寒空下不知道要去哪，只好漫無焦距的望著假日的人潮。

要事一辦完就準備閃人：「我們就此解散，明天見。」的話未免太沒品。我沒那麼冷酷，也沒那麼不通情理，況且離太陽下山還久得很。冬至也過去一個月了，太陽會很晚很晚才通過子午線。

「陪我去散散步好嗎？好不好？阿虛……」

又是懇求的眼神。用那種會讓人腰部以下化成蒟蒻果凍的表情和聲音拜託，我根本沒有招架的餘地。

朝比奈學姊綻開了彩霞般的微笑。

「往這邊，我們走。」

毫不猶豫邁開步伐走了出去。真遺憾，我本來還在想學姊會不會挽著我的手，看來是我寄望過高了。

我面對著寒風聳聳肩，跟在嬌小學姊身後追上去。

就這樣，我們散步了好一會兒。

對於目的地，朝比奈學姊似乎早有定見，不時會用眼睛確認我有沒有在身旁，默默不語的踩著步伐。

我什麼話都沒問，只是配合朝比奈學姊的步調，可是越走就越覺得今天的學姊相當奇怪。

怎麼說呢?平日的朝比奈學姊應該是怯懦得有點可笑，動作可愛得足以讓所有人的嘴角往上提，唯獨今天，尤其是現在，她的步伐就跟有物理小考時我和谷口上學時的步伐有得拚。

而且不時還提心吊膽的東看看西看看。

活像是被什麼人給盯上似的……不，不對。朝比奈學姊在意的似乎不是背後。她的注意力也不是放在前方，而是斜前方的範圍。活像是深怕錯過定位運動檢查點的小學生似的眼觀八方（註：定位運動（orienteering）是在地圖上標示出數個地點，由參加者利用地圖和指北針，根據舉辦者所指示的方法，尋找出設置在山林裡的數個定點，並以最短時間快速通過而到達終點的一種競賽），那副舉動說穿了，就是行跡可疑的登山客的典型行為模式。假如她不是娃娃臉性感美少女而是上了年紀的大叔，途中遇到警車巡邏，肯定會被警察攔下來個身家大盤問，以朝比奈級的可愛程度，大部分的犯罪行為都會被寬恕，應該是不會有什麼問題。但問題並不在於這個。

而是在於朝比奈學姊的動作可疑至極。

眼前的景象突然讓我有種莫名的懷念感覺，我停下了腳步。

說是懷念也不太對，打從我出娘胎之後，幾乎都在這一帶玩耍，對四周的風景早就看得不要看了，為何我還會有那種感覺——

「啊……」

頓悟的氣息從嘴巴內部繞了一圈又出來。原來如此。

從車站前面走到這裡的路線，我會覺得熟悉是必然的，感受到鄉愁的原因，在那一瞬間我也明白了。

畢竟去年五月，在春日的發號施令下召開的第一屆ＳＯＳ團不可思議搜查大會也是難以磨滅的記憶項目之一。特別是我和朝比奈學姊抽籤配成一組，漫無目的閒晃的那一大回憶。就算我的頭蓋骨曾受到輕微的撞擊，也不至於會將那麼難忘的記憶從腦海裡撞得一乾二淨。

沒錯。我們現在和那時候走的正是同一路線。我會覺得懷念，是因為今天和朝比奈學姊舊路重走的情況和那天大同小異。雖說那天距今還不到一年，我卻覺得那像是八百年前的事了。朝比奈學姊是未來人的身分至今已無庸置疑，可是當時我並不知情。直到在花季過後的櫻花樹並排的河岸長椅上聽到驚人的宣言，我才知道她不是單純的娃娃臉兼大胸脯玩物。

全部都是過往的景象。完全的過去式。難怪我會覺得懷念。

不出所料，朝比奈學姊正朝印象更深刻的地方走去。只是大草原的草食動物探頭探腦的模樣依然健在，現在又加上了頻頻注意手錶的動作。

就算出聲叫她，恐怕也不會有回應的怪模怪樣持續進行中。

不斷吐出白色氣息的我們，默默繼續往前走，最後終於來到了那個處所。

河岸的櫻花步道。

就是去年施工完畢的春秋二季天然染井吉野櫻散步步道。花季能延長到今春就好嘍。

雖然我感觸良多，朝比奈學姊卻不在乎。經過丟出那個未來人宣言炸彈的長椅時也是，她似乎沒有察覺。現在的朝比奈學姊可說是心不在焉到極點。到底是什麼事讓她如此分神？

我不禁感到有點落寞，此時，突然聽到聲音細微的喃喃自語：

「還沒嗎……？」

朝比奈學姊又看著手錶。

「時間差不多了……可是……討厭。」

學姊似乎沒發現自己說出了口，嘆了一口氣，又再度東張西望。

我決定繼續假裝沒注意到，專心走路。

唉唉唉。約會的好心情轉眼成空，成了遙遠的過去。雖然希望散步能散得有情調一點，無奈老天爺就是不讓我如願。算了，人生不就是這樣？

別說是花瓣，連片葉子都沒有的櫻花枯樹就這樣一棵棵被我們拋到身後。

朝比奈學姊朝河川的上流走去。再繼續走就會看到熟悉的建築物，也就是長門的寓所。再往上走搞不好可以通到北高。

拜認真散步之賜，身體也暖和起來了。只是我的暖源並不光是來自於身邊的朝比奈學姊。

最後我們從河岸的散步步道下了河堤走到縣道。這回是沿著民營鐵路走。對了，記得有一天我也和春日走過這裡。

回憶接連不斷湧現，我的心神也開始有點渙散。

「阿虛，這邊！」

「啊？」

朝比奈學姊如果沒拉住我的衣袖，我就直接走過去了。

「我們要過馬路。」

我們目前位於鐵路平交道附近的十字路口。朝比奈學姊指著縣道對面，斑馬線旁的信號燈已亮起禁止行走的紅燈。

「啊，對不起。」

我連忙道歉，走回朝比奈學姊身邊。我們要通過的車道冷冷清清，連台車影子都沒有，一板一眼的等紅燈變綠燈，的確很像是朝比奈學姊的作風。

等不到十秒吧，縣道的紅綠燈由綠轉黃，很快又變成紅色。相對的，行人燈號則變成綠燈。

我和朝比奈學姊幾乎同時間跨出過馬路的一步。

就在那時候——

從我背後竄出了一條小小的人影。

「啊。」

發出這小小一聲叫喊的是朝比奈學姊。

人影從我旁邊跑過，衝到斑馬線上。是個像是小學生的少年。年齡乍看和我妹好像差不多，大概是小四或小五，很活潑的四眼田雞。

「啊！」

這次發出大聲叫喊的也是朝比奈學姊。而且那聲叫喊還混雜了難聽的噪音傳到我的耳朵，讓我不由得睜大眼睛。

一輛車子以極快速度從平交道衝出，輪胎壓著地面右轉駛來。縣道的信號燈是紅色。照闖不誤的那輛車——苔綠色的廂型車——橫衝直撞駛進斑馬線，而且一點都沒有減速。

那時候——

已經跑到縣道路中央的少年察覺到危險，停了下來。

車子逼近。無視燈號急駛而來的那輛車的司機似乎也無意遵守道路限速。我想像得到少年被撞飛出去的身影，可是在想像的同時，我的身體已經有所動作。

「你這個王八蛋！」

到底是在罵小孩還是車子我也不知道，反正我就衝了出去。感覺很像是慢動作播放，其實在第三者來看的話，那只是一瞬間的電光石火。

「嗚喔喔！」

總之我趕上了。我抓住呆立不動的眼鏡少年的衣領，不假思索就朝後面扔出去。力道之猛，讓我自己也跌了個四腳朝天。

猛然加速的車子，一轉眼就消失在我們面前。

我的冷汗直流。

真是千鈞一髮。那輛暴衝車的輪胎一度就壓在離我的趾尖不過數釐米的地方。誠如文字所言，我要是多踏出一步，腳踝以下就會和差不多該汰換的鞋子一樣扁平。

時值隆冬，身上滲出的冷汗才沒有氣化。因為一個我不太想感謝的理由，全身熱得受不了。

「那個王八蛋！」

對方是不是姓王我不曉得，總之我的血氣瞬間上昇到頭頂，殺氣騰騰的對著揚長而去的汽車怒吼。

「你會不會開車啊！闖紅燈就算了還超速，根本就是殺人未遂！朝比奈學姊，妳有看到車號吧？」

當時我正忙著和小孩一起跌倒，所以沒看到。我仰望朝比奈學姊，期待她的動態視力有所貢獻時——

「原來是這樣……」

原來是怎樣？

愕然的朝比奈學姊眼睛睜得大大的，站著一動也不動。唉，這我倒不意外。突然在眼前發生了交通事故，會嚇呆也是必然的。

讓我意外的是，朝比奈學姊臉上的表情不單單只有驚愕。

「原來……是這樣啊。所以我才會來到這裡……」

喃喃自語的朝比奈學姊，看向那名差點就沒命的少年。

宛如天使般美麗又惹人憐的容顏，還混雜了彷彿領略了某種奇妙事物的神情。

不明就裡的我繼續跌坐在地上，朝比奈學姊神色帶著幾分蒼白，以僵硬的動作走了過來。

很遺憾的是，她似乎不是向我走來。因為她的視線是落在我旁邊那位一屁股坐在地上的少年。

可能是差點被撞上的驚嚇，使得眼鏡少年神情呆滯、臉色蒼白。直到他注意到朝比奈學姊，才眨了眨眼睛。

「你有沒有受傷？」

朝比奈學姊在柏油路上跪了下來，雙手放在少年肩上。少年機械化的點了點頭，接下來她說出的話更教我意外。

「那麼，告訴我你的名字好不好？」

我不明白學姊為何要問他名字，有此必要嗎？不過少年率直回答了學姊的問題。

少年的名字我肯定沒聽過，一點印象也沒有。可是朝比奈學姊的耳朵似乎不太一樣。

少年的自我介紹才聽到一半，朝比奈學姊彷彿連呼吸都忘了，儼然像是在模仿長門一動也不動，目不轉睛死盯著少年的臉，最後才用力深呼吸，說道：

「是嗎……你就是……」

少年的嘴巴還沒闔起來。差一秒就和暴衝車的車頭正面衝突的他驚魂未定，這會又出現了一位美人姊姊跪在面前問自己的姓名。不管是誰遇到這種情況都會魂不守舍吧。我能體會你的心情，眼鏡弟弟。

可是，朝比奈學姊神情十分肅穆。

「那麼，你要答應我——」

她臉上的緊張表情是以往我在社團教室從未見過的。

「接下來……不管發生什麼事，你都要特別注意車子。不管是過馬路或是搭乘公車時。不，就算你搭的是飛機或電車也是一樣，就連搭船也要特別小心……小心不要受傷不要跌跤不要撞到……也別溺水了，無時無刻都要小心自身的安全。你可以答應我嗎？」

少年想必嚇到了。因為我也嚇到了。再怎樣也不用耳提面命到那種地步。如此瞎操心的朝比奈學姊實在太瞎了。

「求求你……」

聽到眼眶濕潤的朝比奈學姊使盡全力說出的請願話語，我都忍不住代少年挺身而出高喊：「YES、MADAM！」了，就在我想付諸實行時……

「嗯。」

少年點頭答應。似乎也搞不清楚狀況的他，緊盯著朝比奈學姊。

「我會小心的。」

一字一句僵硬的說出。不住點頭的模樣，活像是失去平衡的平衡擺飾。

朝比奈學姊似乎還不滿足，又伸出一根小指頭。

「那麼，我們打勾勾。一言為定喔。」

看到和戰戰兢兢回應的少年打勾勾的朝比奈學姊，我的胸口感到一陣抽痛。純粹是嫉妒心在作祟。我自私的希望，也是渴望，和她那樣做的人只有我一個。不過對方畢竟只是個小孩，我也不是假裝跌倒好打斷他們的小鬼頭，好不容易等到朝比奈學姊站起來，我才鬆了一口氣。看來我離成熟大人的境界還差得遠哩。這到底是好或壞，我也不曉得。

不過我想到另一種方式打斷他們，我仰望信號燈說：

「朝比奈學姊，燈號快變了。待在路中央很危險。」

斑馬線的綠色燈號已在閃爍。

「嗯。」

站起來的朝比奈學姊，眼睛還是直盯著眼鏡少年不放。少年似乎有著善於察言觀色的天賦，一顆頭垂得低低的。

「非常謝謝你們在千鈞一髮時救了我。我以後一定會小心的。」

以老成的語氣，禮貌的態度說：

「那麼，我先告辭了。」

再度鞠躬行禮，小跑步跑向縣道對面。一溜煙就不見人影。

朝比奈學姊一動也不動。眼神像是在注視珍貴的寶石，定睛望著那位表現出小朋友特有的機靈後就消失在遠方的少年的背影。

我實在看不下去了。

「朝比奈學姊，紅燈了。請快過來。」

我將身穿冬季便服的美麗背影強拉回人行步道。任我擺佈的朝比奈學姊的身體軟綿得像是不知何時溜上我床的三味線。這時候抱住她的話感覺一定更加美好。但我是不會這麼做的。

燈號完全變紅的同時——

「嗚……」

我的斜下方傳來嗚咽的聲音。起源來自於朝比奈學姊，聲音悶悶的可能是因為她的臉就壓在我的手臂上。

咦？——這是我第一個想法。

朝比奈學姊臉埋在我的臂彎裡，肩膀不斷抽動。看情形應該不是在笑。

「嗚嗚、嗚～嗚嗚……」

緊閉的雙眼滴落的透明液體，沾濕了我的衣服。朝比奈學姊就像小朋友似的緊緊抓住我，珠淚不停滑落。

「妳、妳怎麼了？朝比奈學姊，妳說話呀，學姊？」

過去我也經歷了好幾次難以理解的局面，但是就屬這次的困惑是最高等級。學姊為何哭了？那個少年得救了不是很好嗎？又沒有人死。這時候應該要高興，而不是哭泣啊。還是說，目擊到當時的情景對學姊來說刺激過大，產生了驚嚇症狀？

「不是。」

朝比奈語帶鼻音回答。

「……我覺得我好沒用。我……什麼都不懂……什麼忙都幫不上。」

不不，妳這麼一說，我就更加不懂了。

可是，她只是不停的哭，像是失去了氣力進行有意義的談話。如同被抱起來時深怕被摔下去而伸爪以待的三味線，學姊也是雙手緊抓著我的衣服，將臉深埋在裡面。

現在到底是什麼情形？

我的腦海捲起了謎樣的漩渦，只有一件事有清楚的解答。

今天的活動到此宣告結束。這個始於朝比奈學姊主動邀約的模擬約會，終於匪夷所思的散步，今天的大件事到此正式落幕。

那種程度的推理，不是古泉也辦得到。

在寒氣逼人的冬季天空下，被突然大哭的軟綿綿學姊抓住上衣，宛如站著圓寂的狀態可不能一直持續下去。

這是因為大馬路上多有異樣的目光，而且大家都對那樣的二人組投以有趣的表情，欲言又止的走過去。可以想見他們的心聲不外乎是：這麼冷的天，你們在外面幹什麼？有幾個人經過，我就感受到幾次。

「朝比奈學姊，我們先找個地方坐下來吧。找個能讓妳冷靜下來的地方。呃，妳能走路嗎？」

她依然將臉壓著我的兩隻手，栗色長髮微微上下動了動。

配合朝比奈學姊無精打采的步伐，我小心翼翼的走著。陪著化為跟屁蟲兼愛哭鬼的學姊，步調無論如何都要放慢，唉，這真是如我所願又沒有太如願。我現在只希望別被同校的男學生看到就好。否則我被信奉朝比奈實玖瑠原理教的狂熱信徒刺殺的可能性將大幅提昇。

「去哪裡好呢……」

要不引人注目，又可以好好休息的處所，能禦寒的話更佳。綜合以上因素，我想得到的只有咖啡廳。但是和哭成淚人兒的美少女面對面坐著，也是如坐針氈吧。

其實我從剛才就注意到眼前某棟建築物了，就是長門居住的高級公寓。拜託她應該會開門讓我們進去，但是直覺又告訴我，最好是不要那麼做。

於是，我們能去的地方就只剩那裡了。長門家附近的怪胎聖地，就在前面不遠處。也就是塵封了許多回憶的那座公園。河岸的長椅已經過了，加上情勢所逼，去另一張回憶更多的長椅才是上上之策。

起碼去到那邊就有得坐了。說不定某人還會從背後的樹叢竄出來呢。

在這冷到快嗝屁的日子，留在公園卿卿我我的人果然是少之又少，那張長椅像是票券已發放出去的指定席一樣無人光顧，獨自承受山風的吹拂。

我扶朝比奈學姊坐下，故意留了點間隔坐在她隔壁。我偷看她的側臉，低垂的粉頰上仍有兩行清淚。

我搜遍了所有口袋找手帕，可悲的是指尖摸到的始終都是衣服的布料。糟糕，怎麼就今天沒帶呢。還有什麼替代布料夠格汲取朝比奈學姊的串串珠淚？就在我狗急跳牆，想將襯衫衣袖撕一塊下來時——

咚。

柔軟的觸感在我的肩上輕輕一碰，那個柔軟的物體不是別的，正是朝比奈學姊的玉額。繼嚶嚶哭泣後，這回打算找肩頭訴苦了嗎？那部分就讓我相當心動。雙眼之間就在眼前觸手可及處，但我不敢亂碰，怕會造成誤解。因為和那個很像。我就被彈過額頭，所以不太敢下手。

「我去買易開罐咖啡給妳喝吧？」

原本以為這是個好點子，想不到栗色長髮緩緩搖頭拒絕。

「還是妳想喝易開罐烏龍茶？」

壓住的額頭不悅的微微動了一下，往左右方向。

我在腦海裡重建自動販賣機的商品項目影像，繼續探詢。

「那麼——」

「……對不起。」

微弱的聲音終於傳到了我耳中。學姊的臉仍然靠在我的肩頭，看不到她的表情。可是就算沒看到，我也猜得出學姊臉上流露的是什麼樣的感情。當她說抱歉時，就是她真的感到很抱歉的時候。

我決定不說話，靜心等待朝比奈學姊發言。

「我邀你出來，只是為了救剛才那位小朋友。之前我並不曉得，可是現在我曉得了。就是為了這個。只是為了這個原因。」

妳可以再多說一點。

「我……我是照上級的吩咐約你出來的。約會地點，還有經過的景點、時間也全都照著上級的命令執行。一切就只為了不讓那孩子發生意外、平安躲過災厄……那就是我的使命。」

上級？我想起了朝比奈（大）的微笑。

「等等。既然如此，妳大可請上級說明清楚一點。像是幾點幾分，在那個十字路口守候那個叫某某的少年，到時候再衝出去救他就好啦。」

「嗯……我也希望上級能告訴我。問題就是不行。對方什麼都不能跟我透露。一定是因為我能力不足的關係…所以我只能聽令行事。就像今天一樣。」

我的腦海裡又閃過大人版朝比奈婀娜多姿的曼妙倩影。

「話不能這麼說……」

聽了我的表面話，栗色的長髮做出了今天最為激烈的左右晃動。

「不！一定是這樣。不然像這麼重大的任務，怎麼會不讓我知道就要我去執行？為什麼……說來說去都是我沒有用…」

消失一陣子的嗚咽又再度復活。看來她的心情是隨著話題而轉變的。

「學姊，那個小孩到底是誰？」

鼻子不斷傳出抽噎聲的朝比奈學姊，隔了好一會才說：

「……那位小朋友對未來的我們是非常重要的人。因為他，我才能來到這個時間帶。假如他死了，就什麼都沒了……」

聲音越說越小，小到幾乎要消失。

「抱歉……我不能再說更多了……」

也就是說，不管那名少年是誰，就是不能讓他在此時死於非命。於是為了防患未然，朝比奈學姊才臨危受命帶我到那個地方等待良機——就是這個救援計劃的全貌。

萬一，我遲了一秒才抓住那名少年的背部，他就會和那輛暴衝廂型車的保險桿撞個正著了。那名少年結果會如何不得而知，但我想結局一定再悲慘不過。沒發生奇蹟的話，少年被迫跟這個世界SAY GOODBYE的機率相當高。

「嗯？」

等等，哪個才是正確的歷史？我救了少年。這是剛剛發生的事實。那麼，未來呢？在朝比奈學姊所處的未來，這名少年在今天遭逢意外早已是既定的歷史了嗎？可是那樣一來就糟了，所以未來人才會利用朝比奈學姊和我去救那名少年……

不對不對，怪怪的。

我救了那名少年，就表示他及時躲過了車禍，這應該是歷史上的事實。也就是說未來所認定的歷史也是如此。否則，未來的朝比奈學姊就無法和這個時代建立起地緣關係。可是那樣就變成在未來認定的歷史中，少年並未慘遭意外，那就沒必要特地回到過去救他……可是這麼一來，少年又會發生車禍……

「好痛……」

頭殼的芯又開始隱隱作痛。

怎麼想都不對。我只要一思考高難度的事情，耳朵似乎就會飄出燒焦的煙味。

「實在想不通。」

乾脆用問的比較快。

「那個小孩到底會不會發生意外？哪個才是正確的史實？我完全都搞胡塗了。」

迷惑的搖了搖頭，朝比奈學姊以水滴般斷斷續續的聲音說：

「從未來過來的人不只有我們。也是有不希望我們有未來的人……所以……」

苔綠色的廂型車。殺氣騰騰的狂飆方式。

「難道……」

形形色色的記憶都指向同一件事。

其一就是朝倉涼子。那女人隸屬於和長門理念不合的資訊統合思念體內的激進派。

另一個可能性就是古泉所說的「機關」以外的另一個組織。古泉玩笑似的談起兩造猶如鴨子划水般的角力，我仍記憶猶新。

還有一個，也是最新的記憶。就是那座雪山怪屋的造物主。對方創造了連長門也無法解析的謎樣異空間。「我們」（ＳＯＳ團）的敵人——古泉是這麼稱呼的。

才過沒多久，手又在癢了是嗎？敵人。真討厭的名詞。

將本來活得好好的，且一定得活著才行的人，硬要在過去的階段就抹殺掉。讓那名少年活著會如此困擾的那群人究竟在哪裡？

不希望我們有未來的人——

那群人指的到底是誰？

「那是……」

朝比奈學姊的櫻唇微微的顫動著。看她臉上的表情似乎想說些什麼，卻又馬上放棄。

「……現在的我不能說……應該說是還不能說。」

又進入了啜泣模式。

「就是這樣我才覺得自己沒用。真的。我很沒用。我什麼忙也幫不上。就算想讓你了解，我也無能為力。」

沒那回事。

朝比奈學姊才不是沒路用。是妳受到的限制讓妳無從發揮。而限制妳的人就是朝比奈小姐，比未來的妳更未來的妳本人。

可是，我不能說。

最初的七夕騷動時，我在這張長椅上答應過大人版朝比奈。我們還打勾勾約定過。

『請別讓她知道我的事。』

這個約束得遵守到何時，我不知道。既然不知道，我就不會告訴這位朝比奈學姊。連我自己也不明白為何要如此堅持。但是我有很強的直覺，不說絕對會比較好。

不知道她是如何看待我的沉默的？朝比奈學姊用難為情的聲音繼續說道：

「就像剛剛，救了那孩子的人也是你，阿虛。我們未來人能直接干涉的，受到相當嚴密的限制……」

是嗎。

「能夠改變過去的，唯有生在那個時代的人。除此以外的作法，全是違反規則……」

所以才得由我出面是嗎？

「上級交待我這麼做，就算蒙著頭我也得照做。但我完全不明白自己的行為有何意義。這麼一想，我就覺得自己……很白癡。」

沒那回事。

「我希望上級能多跟我透露一點，所以很努力的寫了申請書，但總是被駁回。上級肯定是認為我很沒用。一定是這樣。」

就跟妳說不是嘛。

我終於忍不住開口：

「學姊才不是什麼忙都沒幫上。事實上妳做的夠多了，不管是對我或是SOS團甚至對全世界都極有貢獻。妳實在不用自尋煩惱。」

朝比奈學姊突然抬起頭，可是濕潤的雙眸很快又看向地面。

「……可是，我只是不停的換裝，我也只會這件事而已……」她的聲音聽來十分消沉。「況且……『就連那個時候』，我也是什麼都不知道就……」

關於這點我可以解釋。「十二月十八日那時候」──

「才不是！」

這在我而言，算是相當嚴明的表態了。想必朝比奈學姊也是如此認為，才會驚訝得抬頭起來看我。

我敢斷言，朝比奈學姊的功用絕對不只是茶水小姐兼吉祥物。我的腦海裡浮現出成長為笑容豔麗的性感美女朝比奈小姐的倩影。

白雪公主。我能平安和春日一同從被封閉的閉鎖空間歸來，就是因為她那句暗示。

三年前的七夕。和朝比奈學姊一同進行時間回溯的我，跑去找朝比奈（大），向待機中的長門尋求協助。

然後，歷史改變了的世界，才又恢復原狀──

對了，那件事我還沒跟大家說。因為說來話長，我本來打算過陣子再好好說明的，簡單說就是冬季合宿結束後，我們就過去拯救世界了。我和長門、朝比奈學姊三人一起回到過去那時，在那裡我遇見了奄奄一息的我，長門遇見改變後的自己，將所有該做的事一次做個了結。到這裡為止，相信這位朝比奈應該還記憶猶新。只不過她並沒有像我和長門一樣，察覺到未來的自己也在當場。這是大人版朝比奈故意安排的。

我敢確定大小兩個都是朝比奈。可不是連我都不認識的那個時空改變的朝比奈喔。以長門的話來解釋，就像是異時間同位體那種東西吧。

現在的這位小朝比奈只是不明就裡照著上級的命令行動而已，但我心知肚明，對她下令的，恐怕就是大朝比奈。大人版朝比奈清楚知道什麼事該做，什麼事又是不該做的。畢竟那是她自己的事情，她最清楚。

假如是現今的小朝比奈可以知道的事，大朝比奈早就跟她說了。既然大朝比奈沒透露，我自然也不能跟小朝比奈講隻字片語。「起碼當時在場的人是誰，這時候還不能透露。」因為那是大朝比奈的期望，我也答應她了。

的確，我大可告訴學姊妳，妳未來成了比現在還更誘人的大美女，從未來的時空過來幫了我許多忙。這在我來說很簡單。有多簡單？就像第二次回到三年前的七夕夜裡時，我也可以跑過去叫醒在公園長椅上睡臥美人膝的「我」，一五一十對「我」全部吐實那樣簡單。當然，我沒有那麼做，也沒人叫我那麼做。正是因為沒人叫我那麼做，就表示不可以做。相對的，我當時也確實做了我該做的事。

現今的小朝比奈總有一天會回去未來，然後以大朝比奈的身分再回來協助我們。確實就現在的狀況而言，說ＳＯＳ團專屬女侍是她的天職也不為過；但也不能因此就暴殄天物。畢竟這是環環相扣的。有現在，才會有未來。要是在此加入了不同的要素，未來自然而然也會變得不一樣吧——

想到這裡時，我驚覺到一件事。

「對喔！」

我想說出來。但是我說不出口。因為不能說——我總算明白那種心癢癢的感覺了。就是那樣。

我回想起去年春天的第一屆不可思議探勘之旅。我與朝比奈學姊並肩走著，在花季過後的櫻花樹下，聽她表明自己是未來人和說明時光旅行的原理。那算不算是說明尚有待商榷，總之就是時間平面怎樣又怎樣，不得要領又出人意表的講解。

當時，不管我怎麼問她，她的回答都是：

「無可奉告。」

我現在的感覺，應該就和當時的朝比奈學姊差不多。沒錯，現在的確不是將事情全盤托出的時候。

「朝比奈學姊。」

不過，我還是想安慰她，於是我開了口。

「什麼事？」

朝比奈學姊一雙淚眼睜得大大的，凝視著我。

「呃……是這樣的。事實上呢……朝比奈學姊……該怎麼說呢。妳絕對不是春日的玩具替代品。而是那個……那個叫什麼來著？就是水面下還是背後的什麼……呃，嗚～」

邊說邊遣詞用句的結果，就是掰到中途就斷頭了。不行，不管我說什麼，都可能會洩漏天機。這種情況真是讓人焦躁難耐啊～我只想得到在社團教室讓她忙得團團轉，就無暇去自怨自艾的保守型安慰法。假如古泉在，他一定能講出一打很中聽但不順我耳的安慰詞。但，不管是那小子或長門，都不是我有難時揮之即來呼之即去的對象，做人要懂得分寸。畢竟這是我自己的問題。

話雖如此，但這就像是給日本猴子高性能ＰＣ，卻不教牠們正確的使用方法一樣，我的腦袋瓜實在無法輸出什麼有利於打破現狀的語彙來。

「那個……不是……」

我想給予肉體上的刺激，或許能使電流走得快一點，於是就抱著頭旁敲側擊，同樣也是敲不出什麼東東來。

「……嗚——嗯嗯。」

結果，我只是嗯嗯自語個不停，持續按著太陽穴。

直到朝比奈學姊這麼說——

「阿虛，你不用再說了。」

我連忙抬起頭，只見朝比奈學姊美目迷濛，但是臉上仍掛著微笑。

「你不用再說了。」

又覆誦一次。

「你想說什麼，我都明白。」

寬慰的笑容之餘，又輕輕點了點頭。

妳明白了？明白什麼？我又什麼都還沒說——

「你真的不用再說了。這樣就夠了。」

朝比奈學姊緊閉的櫻唇緩緩綻開，對我投入溫柔的視線。她的眼底有著一抹淡得微乎其微，又柔得無以復加的諒解。

我又察覺到了一件事。

什麼事？這還用問嗎？

我察覺到的正是——朝比奈學姊察覺到了。

她可能是從我欲言又止的言語和態度，領悟到我想傳達給她的訊息。那肯定是得以讓她將渾身無力感拋得遠遠的訊息。可是我沒有說出口。為何沒說出口？這個問題的解答其實並不多。

「啊。」

就在我張口之際，朝比奈學姊一隻手優雅地動了起來，碰觸我既冰冷又溫暖的兩瓣嘴唇。以豎起的食指堵住我的唇。

夠了。

因為，沒有必要再解釋下去了。朝比奈學姊已接收到我說不出口的心意。我就是知道她接收到了。我們兩人都沉默不語。

「嗯。」

朝比奈學姊緩緩抽離了手指，然後將那根指頭點在自己的唇上。接著又送上不是很熟練、甚至有些笨拙的秋波。

「是啊。」

我也言盡於此。

現在正是無聲勝有聲的境界。難道不是嗎？天底下沒有對著捕手咆哮接下來要投什麼球之後才準備投球的投手。這世上有個很方便的東西，名叫暗號。假使最低限度的傳達事項不需要言語，最好就不要用言語表示。

為什麼？因為無需言語，彼此就已心領神會啦。

那正是「奇檬子」這種東西的特質，不是嗎？無需言語的心電感應。既然如此，就讓一切盡在不言中吧。不必用到字彙。多餘的饒舌不只是長舌，更是白費唇舌。

朝比奈學姊在微笑。

我所能做出的回應，也只有微笑以對。

這樣就夠了。言詞的缺漏，是可以用心意來補足的。

隔天，星期一。

現在是放學時間。大家一如往常待在ＳＯＳ團總部，品嚐完昨天剛買來的新茶種之後，團長閣下發話了：

「喂，阿虛。」

不同於向來耐心品茗的我，從不知感激為何物的春日約莫三秒鐘就喝光了將近七〇度C的煎茶。一百公克就要日幣六百圓，拜託妳也嚐一下味道行不行。

「幹嘛？」

我一邊回答，一邊用眼尾捕捉儀態優雅如最佳窈窕淑女，笑盈盈的學姊的倩影。

「啊，要續杯嗎？」

朝比奈學姊將茶壺拿在手上，正想在春日的茶杯裡倒入新茶。

原本不可一世地向後靠坐在團長席上的春日，突然傾身向前，將下巴頂在交錯的雙手上，道出了奇妙的話語：
「我這個人呢，向來有自言自語的習慣。」
咦？這我倒不知道。認識妳近一年，我還是頭一次聽到妳有這種習性。
「就算身邊有人，我也照說不誤。」
那妳最好在某人開始想編纂妳的謎言集之前，先去接受治療。
「所以，我現在要開始自言自語了。可能大家都聽得到，請勿見怪。」
妳到底想說什麼？就在我想吐嘈前，春日莫名提高了音調，自顧自說了起來：
「我家附近，有個非常聰明而且坦率的孩子。他戴著很像博士在戴的眼鏡，看起來就一副聰明樣。他名叫……」
春日說出了一個我最近一定在哪聽過的名字，我的背脊開始發涼，但這不是室溫的緣故。
朝比奈學姊手拿茶壺倒茶的動作也瞬間凍結。
「我偶～爾呢，會幫那孩子看看功課。所以呢，昨天我也那麼做了。可是呢，他昨天卻跟我這麼說：兔女郎姊姊和男人在一起。」
春日露出令人發毛的微笑。
「秋天拍攝電影時，他剛好待在外景地。對扮成兔女郎的實玖瑠印象十分深刻。反正是順便，我就打聽了那個男人的相貌特徵。這是那小孩憑印象畫的。」

不知從哪裡拿出的筆記本紙，上面有張筆觸超嫻熟的臉，嗯～看起來怎麼和我每天照鏡子時都會看到的那張這麼酷似？不，那應該就是我。怎麼看都像是在畫我。

「呼呵呵？」

春日意味深長的笑了。

那小鬼居然是個大嘴巴又有畫興的傢伙！他將來不是會成為學者嗎？難不成他的未來志向是當個畫家？早知道就收買他，讓他變成選擇性啞巴和殘障人士。

我的視線游起了自由式，約莫等了三秒鐘，等待看看會不會有救世主翩然降臨。

朝比奈渾身打顫，聲帶的機能戛然停止，看來此時很難有新的登場人物開門衝進來了，我的目光停駐處自然有限。

「……………」

和長門溫度零下四度C的視線相接。不知為何我的胃突然痛了起來。

另一位古泉則是露齒而笑，很樂似的袖手旁觀。慢著。該不會這兩人全都心知肚明卻默不作聲？

「嗯～？」

春日的表情活像是吃了用塗滿辣椒的糯米紙包起來的笑菇粉末（註：笑菇為鬼傘（一夜菇）科，有毒，食用後會呈興奮狀態，大笑跳舞而得名）之後的反應，也就是要笑不笑的，但又不到火男的醜樣。（註：火男是一種眼睛一大一小、噘嘴模樣滑稽的面具。用吹火竹吹火的男人就是這副模樣而得名。）

「快從實招來，昨天你和實玖瑠上哪、幹什麼去了？放心，我保證絕不生氣。」

我一邊斜眼偷瞄像是被潑了青色油漆的雨蛙，臉色直發青的朝比奈學姊，一邊像是被三打蟒蛇圍繞的蟾蜍一樣冷汗直流。

這一定是我的幻覺。從春日身上冒出的原色氣息形成了鬥氣，碰撞到長門背後的透明障壁火花四散……差不多就是那樣的幻覺。

「抱歉。」

古泉站起身，像是要避開那些看不見的火花，拿起椅子往窗邊移動。

接著，他就雙手一攤，綻放爽朗的笑容，只差沒說：兩位請繼續。

可惡的古泉，待會看我怎麼修理你。就用高賭注的排七將你殺得塗塗塗。你給我記住！

「啊……那個……」

當務之急是得想出一個讓春日心服口服的謊言。但我實在沒有餘裕思考，拜託誰有空幫我想一下。可以的話拍封電報過來。因為叫快遞送可能來不及。

面對不斷呻吟的我，春日又重申了一次。

「快從實招來。而且要鉅細靡遺，讓我和有希、古泉都獲得充分的了解才行。否則……」

春日深吸一口氣，擠出一個再故意不過的笑容，宣告道：

「你們兩人都要接受可怕的懲罰！對了，你們聽聽看這個懲罰如何？」

春日絕情地公布了遠比墜入血池地獄還要可怖的慘無人道計劃，我和朝比奈學姊面面相覷，渾身發抖。

在那之後，社團教室發生了什麼事，想必不用我多所著墨了吧。

渾身遭受到春日做作得毛骨悚然的笑容，長門比往常更加冷淡的表情，古泉看熱鬧的微笑洗禮的我，就像是要從曝曬在沙漠下的海綿搾取出水分似的拚命想藉口，而旁邊的朝比奈學姊，則是抱著水壺和茶葉罐陷入了恐慌——

真的不用我說，大家也都猜想得到。

後記

按理這一集登場的應該是長篇故事，最後卻決定先出這本中短篇的排列組合集。很巧的，這樣反倒以反迴文的形式，接續了之前的長篇、長篇、短篇集、長篇、短篇集的次序。這真的純屬偶然，大家不用多做聯想。

「Live Alive」

一年一度的校慶，要是當天發生的事都沒有描述的話，心裡總是會有些掛念。所以我記得這篇是在我認為有必要將腦中仔細思量過的故事寫成文章的意念驅使下完成的。至於這篇的主角……算是春日挑大樑。

「朝比奈實玖瑠的冒險　Episode 00」

下次乾脆來個「長門有希的逆襲　Episode 00」以及三部曲完結篇「古泉一樹的覺

醒「Episode00」接力上演吧——我也不知道可不可行。或許我只是想過過導演的乾癮吧。這是連春日的春字都沒出現的一話。

「示愛怪客」

這是發生在「消失」之後，「雪山症候群」之前的插曲。美式足球是我從以前就很喜歡的一項運動，經常觀看比賽。但是日本的無線電視頻道很少會實況轉播比賽，都是直接報出結果，有點小遺憾。這一篇怎麼看都是以長門為主角。

「尋貓記」

逼使我構思這麼一則故事，是因為在「雪山症候群」中，古泉說過需要貓的緣故。另一方面，我也想考考自己的推理能力。感覺上這一篇風頭最健的，是春日和鶴屋學姊。

「朝比奈實玖瑠的憂鬱」

下一集的長篇是時間系列，和這篇小品有直接的關聯。先前為了讓雜誌連載的部分和新寫的長篇彼此有連貫性，死了不少腦細胞，不過也多虧前陣子的辛苦，讓我現在撰寫的這部長篇下筆變得十分容易。不過最重要的，還是要讓讀者讀來輕鬆愉快，除此之外，我別無所求。

很榮幸的，本系列得以出版到第六集。我滿心除了感激還是感激。本書得以順利付梓，全要感謝過程中勞心勞力的諸位人士大力相挺，更要感謝一路支持本系列的各位讀者。本人衷心致上萬分的感謝。

那麼，下集再會。

谷川 流

冰川老師想交個宅宅男友 1 待續

Kadokawa Fantastic Novels

作者：篠宮夕　插畫：西沢5ミリ

超可愛的女教師×宅宅男高中生
甜蜜蜜的禁忌戀愛喜劇——開幕！

我，霧島拓也，是個抱著虛幻夢想（交女友）的宅宅高中生。在春假期間邂逅了我的理想女友——冰川真白！興趣和個性都十分相投的我們馬上就拉近了距離。我品嚐了她親手做的料理、進行了幾次宅宅約會，也正式成為了一對戀人。然而在新學期開始後——

NT$220/HK$73

國家圖書館出版品預行編目資料

涼宮春日的動搖 / 谷川流作；王敏媜譯,——初
版.　——臺北市：臺灣國際角川, 2006〔民95〕
面；　公分——(Kadokawa fantastic novels)

譯自：涼宮ハルヒの動揺
ISBN 986-174-048-1（平裝）

861.57　　95003122

Kadokawa
Fantastic
Novels

涼宮春日的動搖

（原著名：涼宮ハルヒの動搖）

2006年4月28日 初版第1刷發行
2023年12月15日 初版第17刷發行

作　者：谷川流
插　畫：いとうのいぢ
譯　者：王敏媜
發 行 人：台灣角川股份有限公司
總　監：呂慧君
總 編 輯：蔡佩芬
主　編：林秀儒
編　輯：黎夢萍
設計指導：陳晞叡
美術設計：莊捷寧
印　務：李明修（主任）、張加恩（主任）、張凱棋

發 行 所：台灣角川股份有限公司
地　址：104台北市中山區松江路223號3樓
電　話：（02）2515-3000
傳　真：（02）2515-0033
網　址：www.kadokawa.com.tw
劃撥帳戶：台灣角川股份有限公司
劃撥帳號：19487412
法律顧問：有澤法律事務所
製　版：巨茂科技印刷有限公司
ISBN：978-986-174-048-5